目次

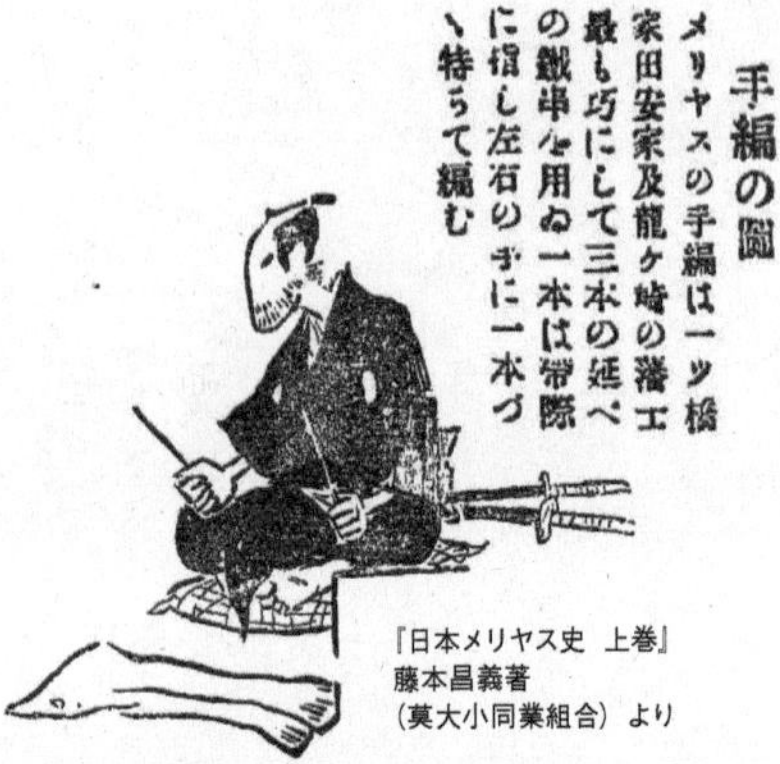
手編の圖
メリヤスの手編は一ツ橋
家田安家及龍ケ崎の藩士
最も巧にして三本の延べ
の鐵串を用ゐ一本は帶際
に揷し左右の手に一本づ
ゝ持ちて編む

『日本メリヤス史　上巻』
藤本昌義著
（莫大小同業組合）より

正しく生きることだけが
あなたにとって正しいのか

第一章　感九郎、出会う

「正しく生きよ、と言うのがわからないのか！」

父、黒瀬《くろせ》伊之助《いのすけ》の怒号が床の間の花を揺らし、赤い花弁がはらりと落ちる。

胃の腑《ふ》がすくみあがり、それをかばうように感九郎《かんくろう》は平伏した。

手足がうっすらと痺《しび》れ、畳に触れる感覚すら失《う》せてゆく。青灰色にくすんだ靄《もや》が肺に詰まっていく。

一方、伊之助は角ばった顔に丸い眼をギョロギョロと光らせながら、太い眉毛《まゆげ》をいからせ、仁王顔負けの形相である。

のしかかってくるように自分の威厳を保つその様子はあたかも犬の如くであるが、そんな父を「くだらない」と思いながらも、いざその怒りが向けられればろくに喋《しゃべ》ることもできない自分を感九郎は恥じていた。

「感九郎よ、お前のやったことはなんだ。事実無根の讒言《ざんげん》をし、目立とうとしただけではないか」

縛るように決めつける声が頭上から降ってくる。

吐露できない反抗心が胸にひろがり、泥のようになって腹に落ちていく。

「……目立とうとしたわけでは……、あの医者は多くの町人をだまし……」

「まだそんな寝惚《ねぼ》けたことを言っているのか！　きちんと奉行所でお調べになったのだぞ。蘭方医《らんぽうい》、久世《くぜ》森羅《しんら》様において、まったくそのようなことはない、とお奉行様もお認めになったのだ。しかも久世様は多くの武家からの信頼も篤《あつ》い名医。世のためになっている御方に、ただ自分が目立ちたいというだけで濡《ぬ》れ衣《ぎぬ》を着せる、それが武士として正しい生き方か？　男として正しい生き方か？　人間として正しい生き方か？　え？　どうなんだ？　答えてみろ」

「……お調べに……間違いがないとも……言えませぬ」

「なに馬鹿なことを言うか！　天下の奉行所のお調べが間違っていて、お前が正しいなどということがあるか！　女子供のように縫い物だ編み物《メリヤス》だなどと針内職などにうつつをぬかしておるからこんなことになるのだ！　我が黒瀬家は格のある家柄なのだぞ！　その格にかなっていないからおかしなことを言うようになるのだ！」

父は何かといえば黒瀬家の「格」の話をする。

そして見かけだけ「武家」然として振る舞うのだ。

かつて良家だったのは確かなようだが、今となっては内職をせねばやってはいけない。ただひたすら見栄《みえ》をはっているだけである。

「正しい生き方」だの「格」だの、自分の気にしている枠のなかで生きている父は、外では面目をなんとか保っているのかも知れぬが、家族から見れば滑稽《こっけい》ですらある。

しかし、感九郎は言葉をぐっと呑《の》み込み、それ以上ものを言わぬ。

そのかわり、泥のような不快感が腹の底にたまっていく。

「しかもお前、あろうことか再度のお調べを願ったそうだな。この阿呆《あほう》が！　その結果がお前の召し放ちだ！　幸いにも家老の森山《もりやま》様の温情で避けられはしたが、儂《わし》や一松《いちまつ》まで憂き目にあうところだったのだぞ。いいか、もうお前は凸橋《とつばし》家に仕える身でもないのだ。この黒瀬家にお前のようなできそこないはいらない！　縁談も取りやめだ！　今すぐ出ていけ！　金輪際当家の敷居をまたぐことはならぬ！」

「…………」

感九郎の腹に沈んだ泥は底なし沼となり、濃い闇を孕《はら》んだ深い「穴」と化していく。

風がないので川沿いにならぶ柳の枝はただ垂れるばかりである。閑散としている。

人通りが少ないのは、この辺りにしては珍しい。そのなかで道端の石に座り込み、力なく手を動かしているのは感九郎である。

左手には小ぶりの風呂敷《ふろしき》ほどの大きさのメリヤス地がぶら下がり、その端の編み目に長い鉄串《かなぐし》のような針が突き刺さっているところへ、一目一目、右手に持った別の針を差し込んでいく。

鉄針が閃《ひらめ》いたかと思えば糸をたぐって次の編み目を拾っているので、その様を見た者に感心されることも多いが、それほどのことはないと感九郎は思っている。

メリヤスとは、糸の輪から糸を引き出してきて新たな輪を作ることに過ぎぬ。それが何回も繰り返されれば布地のようになり、筒になり、メリヤス足袋《たび》や手袋、胴衣になるだけなのだ。

その繰り返しを続けているうちに、「無念無想」の境地に至るかの如く、一心不乱になってしまうのが常なのだが、今はいけない。集中するどころか、針の動きも辿々《たどたど》しい。

感九郎は手を止め、長いため息をつくと、膝《ひざ》の上の未完成のメリヤス胴衣を鉄針が抜けぬよう、丁寧に風呂敷に仕舞い込む。

そのままゆっくりと立ち上がろうとすると、足腰がひどく痛んだ。

長い時間、大きな石に腰掛けていたからだろうか。

黒瀬家を出てからあてどもなくとぼとぼ歩き、この大川《おおかわ》まで出てからはずっとメリヤスを編んでいたのである。

感九郎は顔をしかめて立ち上がり、そのまましばらく独り川辺にたたずんでいた。

お役目も家も許婚《いいなずけ》も失ってしまった。正しく生きようとした結果がこれである。

自分は正しく生きられていなかったのだろうか。

川は悠然と流れている。

宵闇の不思議な青色があたりに満ちていて、でもまだ暗くはないので、凪《な》いだ川《かわ》面《も》に映る自分の顔がよく見える。

面差しのだいたいは、綺麗《きれい》な顔立ちをしている母に似ていて、それを父は「男らしくない」と嫌っていた。

目の上に濃い眉毛が鎮座しているのと、その間に深い皺《しわ》が刻まれているのだけが父譲りで、妙に自己主張している。

ひとつ、ため息をつくと、川面に映る自分ががっくりと肩を落とした。

目を閉じれば、いつものように自分の中に大きな「穴」があいているのを感じる。古井戸のような見かけをしている、漆黒の闇に穿《うが》たれた、吸い込まれてしまいそうな大きな「穴」。

本来ならば、そこには何か大切なものが詰まっているに違いない。

しかし、何をしても「家」とか「お役目」などの名がついた「壁」がまわりを覆い隠していくばかりで、その「穴」がふさがることはなかった。

挙げ句、その「壁」もすべて失せたのだ。

手に提げる風呂敷包みが重い。

今夜はどこへ泊まろうか。

友人の処に世話になることも考えたが、今となっては自分は一介の素浪人、迷惑になるのではないかと思うと足も重くなる。

しかも今日一日の話ではない。これから先ずっとなのだ。

もう一つ、深いため息をつくと、宵闇の青が濃くなった。

途端、怒声が静寂を破った。

見れば、少し離れた川縁《かわべり》で黒い長羽織を着た女が三人の浪人に囲まれている。

つづけて、女が何かを言ったようである。それに応じる怒声がまた響く。

何も考えぬうちに風呂敷を背負い、足がそちらへ向いた。

「どうしても俺らにつきあえねえっていうのかよ」

「あんたたちがもう少しいい男なら考えるでありんすよう」

場についてみると、浪人たちは怒り心頭に発している。

女はといえば、その風格は毅然《きぜん》とし、強さを秘めた美しい目が印象的で、一方で年齢がどれくらいかはわからない。

女は駆けつけた感九郎を見やり、だしぬけに腕にすがりついてきた。

口端に笑みを浮かべている。

品の良い白粉《おしろい》の香りがする。

宵闇から夜闇へとその帳《とばり》が変わる中に見えた、その女の婀娜《あだ》っぽさ、肌の白さ、身に纏《まと》う尋常でない雰囲気に、感九郎は一瞬で酩酊《めいてい》した。

「ほら、この子みたいに目が切れ長で、すっきりとして、利口そうな若い男相手なら、酒の相手でも夜の相手でもしやすがねえ」

あっけらかんとした女の物言いに、浪人たちはさらにいきり立つ。

「なにい、貴様、俺らが頭悪いっていうのかよ」

「少なくとも良さそうには見えないでありんす」

「…………！」

いきりたった浪人たちが刀を抜き放った。刃紋が鈍く光り、闇がさらに濃さを増す。

感九郎は慌てて腕をほどき、女の前に立ちはだかった。

「刃傷沙汰《にんじょうざた》は……いけません」

「お前、何様のつもりだ」

浪人の一人が荒い声をあげる。

答えようとするも「私は……」と言葉に詰まってしまった。

今までなら凸橋家の名を出すところだが、すでに召し放たれているし、勘当されたので黒瀬家の名すら出せない。

結果、ただ俯《うつむ》いた。

「なんなんだお前は、おい」

ひきつれたように右肩があがっている浪人が手に刀をぶら下げたまま近寄ってくる。

顔を見ると右頬に傷があって、恐ろしい形相をしている。

慌てて感九郎が刀の柄《つか》に手をかけると、出し抜けに足を蹴《け》り払われた。

たまらず倒れこみ、したたかに額を打ってしまう。

背負った風呂敷包みが開き、メリヤス用の鉄針が散らばって鋭い音を立てる。

痛みで気が遠くなりながら、針が曲がってしまったのでは、とそちらのほうが心配になる。

呻《うめ》きながら身を起こしたが、それ以上は動けない。

浪人たちの嘲笑《ちょうしょう》が感九郎の耳にこだまする。

不意に、一陣の風が吹いた。

「ああ、こんな処に居たんですかい」

風とともに低い声が心地よく響き、一人の侍が現れた。

その容貌《ようぼう》、魁偉《かいい》にして珍奇。

その風体、巨軀《きょく》にして異装。

紅殻縞《ベンガラじま》に染め上げた長着を着流した巨体や、目鼻口の全てが大きなつくりの派手な顔もさることながら、なお一層目立つのはその髷《まげ》である。

髪のない部分が逆なのだ。

普通ならば「月代《さかやき》」として剃《そ》ってしまう頭頂部から前頭部にかけて頭の真ん中に

髪を残し、逆に側面をくまなく剃り上げて髷を結っている。

実に珍妙であるものの、奇装でありながら、雑ではない。

むしろ装いは丁寧で、気の配られていることが一目でわかる。

「お待ちいただくよう言ったじゃないですか、御前」

「ここに来たかったんですよう」

浪人に絡まれていた女性がそう言いながら頬を膨らませる。

どうやら「御前」とはこの人のことらしい。

浪人たちはといえば、奇妙な侍の出現に訝《いぶか》しげな表情を向けるばかりである。

その本人はひとつ首《こうべ》をめぐらせてから、呆《あき》れたように肩をすくめた。

「ああ……またですかい、まったく、自分の歳を考えてくださいよ」

「別にアタシが声かけたんじゃないよう。声かけられる方になってんだからしかたないだろう。お前様に叱られる筋じゃないわい」

「ほら、こんな若衆に迷惑かけてるじゃないですか……大丈夫か、立てるかよ」

異形の侍が手を差し出したのを感九郎は断り、風呂敷《ふろしき》からこぼれて散らばった長鉄針を拾い集めて起き上がろうとする。

骨は傷めていないようで、立つのは問題なかったが、したたかに地面に打ちつけた額は動くたびに痛み、手を当てると袖《そで》が血で染まっていった。

その赤を見た途端に視野が明るさを失い、ふらついた。

「無理するな、俺に摑《つか》まれ」

心地よい低音の声が響き、手を差し出されたのを今度はしかと摑む。

侍はそのまま抱えるよう背に手をまわし、浪人たちの方へ頭を向けた。

「では旦那《だんな》がた、失礼」

一瞬、浪人たちは呆《ほう》けたようになって反応もなかったが、感九郎たちが歩き始めると、怒号が響きわたった。

「待て、てめえ！」

歩みが止まる。

振り返りもせず、侍が低い声を発した。

「……どうなすったんですか」

「どうもこうもねえや、女は置いてけよ」

感九郎が自分を支えている侍の顔を見れば、えらく楽しそうににんまりと笑っている。

一人で立てるか、と問うのでうなずくと侍は手を放して振り返り、横の女性を指さした。

「お前さんがた、この人、歳いくつだと思う？」

「これ、寿之丞《ことぶきのじょう》！　女の歳を言うものではない」

「御前」の非難などどこ吹く風、「寿之丞」と呼ばれた侍は、紅《あか》い縦縞の長着をゆらしながら三人の浪人たちの方へと無造作に近づいていく。

浪人たちは慌てて身構えたが、寿之丞は気にしない。

相手が戸惑うのにかまわず、右頰に傷のある浪人の懐へ、さっ、と入り身すると内緒話をするように耳打ちをした。

途端、浪人が呆気《あっけ》にとられて「本当かよ」と呟《つぶや》く。

慌てて御前が「これ、おやめよ！」とさらに叱咤《しった》するのも構わずに、寿之丞は怪《け》訝《げん》な顔をしている他の浪人へも耳打ちしていく。

そして、次々にあんぐりと口を開けたのを愉快そうに眺めながら、これ以上ないほど楽しそうな笑みを浮かべている。

「寿之丞よ、帰ったら仕置ぞ」

御前がそう言う声は怒気を含んでいる。

「真実は明かされるべきですからのう……」

異形の侍はそう応じると、にやり、と不敵な笑みを浮かべた。

頰に傷の浪人が手にした得物を振りかぶり、再び凄《すご》んだ。

「いい女であれば年などは関係ないわい！　痛い目に遭いたくなけりゃ置いてけ！」

再び一陣の風が吹く。

寿之丞は身じろぎもせず、言い放った。

「ほう、その得物でどう痛い目に遭わせてくれると言うんだ？」

傷の浪人は一瞬、妙な顔をし、振りかぶった刀の重さを確かめるようにゆっくりと下ろすと、目を見開いた。

感九郎も驚愕《きょうがく》した。

それはすでに刀ではなかったのだ。

浪人が両手で握った柄の端、鍔《つば》から先はただの黒い棒だった。

しかもその先端には綺麗《きれい》な赤い花が咲いている。

「なんだこりゃあ！」

浪人が投げ捨てようとするのを、いつの間にやら近づいた寿之丞がさっと摑んだ。

「そう無下にすんない。こりゃあそれがしの刀なんだから。花は作り物だが、こさえるのが一苦労なんだよ」

そう言って、難無くもぎとると、先端の花の香りを嗅《か》ぐようにした。

作り物もよくできていれば香るのだろうか。

変な呻き声が聞こえたので、見やると他の浪人も自分の手に握ったものを見て口を開けている。

片方は尺八、もう一方にいたってはただの手拭《てぬぐ》いであった。

寿之丞はそれぞれへ近づくと「これもそれがしの商売道具なんで」と言いながらあっという間に取り返す。

「……貴様……俺の刀をどうした！」

頬に傷の浪人が呻き半分、そう呟く。

寿之丞はといえば尺八と手拭いを懐へ入れ、棒の先に付いた花をたたんで鞘《さや》にしまっている。

「皆様の刀は危ないので、ほれ、きちんと元の場所に」

言われて見てみると、三人の腰の鞘に刀がおさまっている。

浪人たちが目を剝《む》き、いきりたってまた抜刀すると、刀身が夜闇に鈍く光った。

「妙な術を使いやがるな！　貴様、何者だ」

「なあに、通りがかりの手妻師さ」

「手妻師だあ？　剣術でなくて奇術かよ。人を馬鹿にするんじゃねえ！」

頬に傷の浪人が、今度こそ、と刀を振り上げたが、寿之丞は微動だにしなかった。

「それがしは平和が好きなのだ」

低い声を響かせるその顔は、もう笑っていない。

構わず、浪人が寿之丞に向かって恐ろしい勢いで刀を振り下ろす。

斬られた！　と感九郎が思った刹那《せつな》、寿之丞は体《たい》をさばき、浪人の背後にまわりこんでいた。

「もうおやめなせえ」

そう低い声を響かせて、浪人の右肩をむんずと摑みあげている。

これはたまらぬ、といった様子で傷の浪人は苦悶《くもん》の表情を浮かべて呻《うめ》きはじめた。

あわてて他の浪人たちが刀を振り上げる。

すかさず寿之丞の一喝が響きわたった。

「おやめなせえと言っているんだ！」

途端、浪人たちの動きがぴたりと止まる。

「……おうおう、痛いか？……痛いだろうな」

呟くような寿之丞の声が届いているのかどうなのか、傷の浪人は苦痛に喘《あえ》ぎながらしゃがみこんでしまう。

それにあわせて寿之丞も膝《ひざ》を折って「少しくらい辛抱しやがれ」などと言いはじめる。

傷の浪人は苦しみに呻いている。

見るに見かねて感九郎が声をかけようとして御前に腕を摑まれた。

その隙に寿之丞が「これで仕上げだ」と摑んでいる浪人の肩を腕ごと持ち上げると、ばきり、と派手な音がして、傷の浪人の悲鳴があがった。

肩がはずされたか、腕が折れたのだ。

寿之丞、恐ろしい怪力である。

御前はそれを見てうすら笑いをしている。

感九郎が顔をしかめていると、にわかに浪人が「おおおおおお！」と叫びながら立ち上がり、肩をぐるぐると回しはじめたので驚いた。

浪人の顔はどことなしにすっきりとし、笑みまで浮かべている。

「どうだ、痛みがなくなっただろう」

寿之丞の低い声が響くと、浪人は目を大きく見開いて何回も頷《うなず》いていた。

「何があったかは知らんが、お主はもともとこんな身分ではないのだろう？　身のこなし見りゃわかる。なあに、こうやって右肩が治った以上は、元のようにどこかに仕官することも夢ではない」

どうやら肩を壊されたのではなく、怪我を治してもらったようである。

たしかに、傷の浪人のつれるように上がっていた右肩が、こころなしか自然な感じになっていて、当の本人は驚いたような顔をして固まっていた。

感九郎にはわけがわからなかった。

なぜ寿之丞がそんなことができるのかもわからないが、その行為そのものがわからなかったのだ。

人は正しく行動すべきだと思っているが、この奇妙な侍がしたことは正しくもなければ間違ってもいないように思える。

なぜ寿之丞がこのようにしたのか、その理由が知りたい。

自分の中に空いている「穴」が、ちりり、とうずいた。

「では失礼」

巨軀《きょく》の侍が感九郎たちの方へ歩き出そうとすると、浪人が追いすがった。

「……かたじけなく……どのように礼をすれば良いか……それどころかお詫《わ》びもせ

ねば」

先程までの野獣めいた禍々《まがまが》しい気はどこへやら、傷の浪人は悄然《しょうぜん》と頭を下げていた。

他の二人は顔を見合わせている。

「そうか、礼をするというのか。金がいいな。百両ほどくれ。銀でもいいぞ……わははは、冗談だ。金などいらんよ……そうだな、お主が引き連れているあの二人にきちんとした剣術を教えてやれ。お主ならできるはずだ。そして、三人できちんとどこかへ仕官を願え。なあに、大丈夫だ……右肩はなんの怪我だ？　道場で袋叩《ふくろだた》きにでもあったか？……そうか、落馬か。それは辛《つら》かったな。でももう過去の話だ。それがしの名は寿之丞という。困ったら訪ねてこい。蔵前《くらまえ》の墨長《すみなが》屋敷にいる。では、達者でな」

頭を下げる浪人へ背を向け、こちらへ戻ってきた寿之丞が「行きましょう、御前」と声をかけると、当の御前は感九郎へと目をやった。

寿之丞はそれに「もちろんです」とこたえて手を差し出した。

「お主もよければ我らの棲家《すみか》に来ないか。御前が世話になった礼がしたいし、その傷の手当てもした方が良いだろう」

感九郎がその手を摑《つか》まずにただ寿之丞の顔を眺めていると、「どうした？　それがしの顔になにかついているのか」と、怪訝《けげん》にしている。

「……なぜあの浪人の肩を治してやったのですか」

「そんなことが気になるのか……ひょっとして、自分が痛めつけられたから、あいつを懲らしめて欲しかったのか。お主、見かけによらず性根が悪いのう」

「そうではないのです。ただ、不思議に思って……」

「ふうん。変わったやつだな。あるにはあるぞ、その理由《わけ》ってやつは」

そう言うと、寿之丞は一瞬だけ悲しそうな顔をした。

「それはな……」

そこで言葉を止める。

風が吹き、蛙《かわず》の鳴く声が聞こえる。

突如、寿之丞は叫んだ。

「ああ、動いたら腹が減った！……さあさあ、御前、さっさと夕餉《ゆうげ》にしましょう」

「あいあい。アタシもお腹が減りんしたよ」

御前も楽しそうに尻馬《しりうま》に乗っかっている。

感九郎は呆然《ぼうぜん》とした。

それを尻目に、二人は、今日の肴《さかな》は何か、などとはしゃいでいる。

「いや、今日はぜったい刺身です。刺身でなければ俺は暴れる！　せっかく外に出たのだから長寿庵《ちょうじゅあん》で蕎麦《そば》をたぐっても良いが……いや、やっぱり刺身だ！　ほれ、お主も獅子舞《ししまい》みたいに口をパクパクさせてないでついてくるといい。飯を一緒に食おう」

「……あの……理由は……」

「理由？　そんなものは腹ごしらえしてからだ！……そうだ、まだ名も聞いていなかったな。それがしは能代《のしろ》寿之丞だ。お主、名は何と言う？」

「……私は……黒瀬感九郎と申します」

「そうか。カンクロウ、よろしくな」

異形の侍は、これ以上ない笑顔でまた手を差し出した。

第二章　感九郎、編む

四半刻《しはんとき》ののち、感九郎は寿之丞たちに連れられ、「墨長屋敷」に上がり込んでいた。

墨長屋敷は不思議なつくりであった。

外見は小綺麗《こぎれい》な長屋のようでいて、その一間一間が大きく、しかも中でつながって行き来ができるようになっている。

感九郎はそのうちの一間にぽつんと取り残され、行灯《あんどん》のゆるやかな光に照らされていた。

寿之丞と御前は別の間へと行ってしまった。

墨長屋敷の「墨《すみ》」というのが、どうやらこの屋敷の持ち主である御前の名前のようで、それにあやかっているのか、外も内も墨色が使われているのが目に心地よい。

感九郎は額の傷の血で部屋を汚してはならぬと思い、自分の荷物もひらかずにただ座っている。

床の間をはじめとした部屋の意匠は、簡素ながら趣味が良かった。

それを見て、御前の黒い長羽織がえらく粋《いき》な仕立てだったことを思い出していると、前触れなく障子が開いた。

桶《おけ》と布包みを傍に、御前が綺麗な姿勢で座っている。

「感九郎さん、こういう時に限って屋敷の者たちがいないので、アタシが傷のお世話をさせてもらいますよ。本当はもっと若い娘《こ》にやってもらった方が傷の治りも早いのでありんすが」

笑顔でそう言われて感九郎はぶるぶると首を振った。

御前は相当な美人である。

ただし、やはり年齢はわからない。

三十と言われればそう見えるが、寿之丞に年齢を耳打ちされた浪人たちの反応を見ると、ずっと上なようだ。

そんなことを考えながら行灯に照らされる御前の顔を眺めていると「嫌ですよう、そんなに顔をジロジロ見ちゃあ」と言われたので、慌てて視線をはずした。

すかさず額に、ひやり、と冷たい濡《ぬ》れ手拭《てぬぐ》いが押し当てられた。

そのまま丁寧に血が拭《ふ》かれていく。

「アラキ酒でありんす」と言われ、別の布を当てられると、針で刺すように痛んだ。

息を詰めるようにしてしばらく我慢していると、今度は香りの良い油を塗られて、頭全体に布を巻かれた。

感九郎が、大げさではないですか、と言えば、立ち上がった御前に「少しの傷を馬鹿にすると大変なことになりんすよ」と艶《あで》やかに微笑まれる。

「あとこれは、アタシからの気持ちでござんす」

と、包みが目の前に置かれた。

ほどいてみれば、中に入っているのは黒い羽織だった。

ぐるぐると細い線で描かれた、うず巻きの紋が入っている。

少し間の抜けた感すらあるその紋に見入っていると、御前は「アタシを助けてくれたお礼でござんすよ。感九郎さんの羽織は血で汚れてしまいましたから……古着ですがほとんど着られなかったものでありんす。背格好に合うはずですからどうぞお使いになって」と言って、頭を下げた。

感九郎は眉《まゆ》を八の字にした。

そもそも自分は何もできず、場をおさめたのは寿之丞である。

そう言うと、御前は婉然《えんぜん》と微笑んで首を振り「アタシに恥をかかせないでくださいましね……」と立ち上がってしまった。

途端、戸音がして大声が聞こえてきた。

「御前！　烏賊《いか》と鰹《かつお》のいいのがあった。今日はこれです、これ」

隣の間から入ってきたのは満面の笑みを浮かべた寿之丞で、手に提げた岡持から大皿を取り出した。

刺身が沢山盛られている。

御前も「あれまあ、こんな時に皆いないなんて」と、いそいそと別の部屋から醤《しょう》油《ゆ》と小皿を持ってきて、こちらも嬉々《きき》としている。

寿之丞は辛味大根を手早く下ろしながら「コキリのやつはいますよ。部屋に引きこもってやがる。おかえりも言いやしねえ」と呟《つぶや》いた。

「あれまあ、誰もいないのかと思いましたよ。じゃあ小霧《こきり》さんもお呼びよ」

「ああいう時のあいつは無理ですよ。勝手にすればいいんです」

また別間へと何かを取りに行く御前を尻目に、寿之丞が徳利《とっくり》を振る。

「クロウはいける口か？」

「クロウ？」

「お主のことだ。カンクロウだと長すぎるからクロウだ。苦労してそうな顔してるしな」

そう言われて、感九郎が眉間《みけん》の皺《しわ》を触ると、寿之丞はまた徳利を振った。

「それで、どうなのだ？」

「好きです。弱いですが」

すかさず寿之丞は感九郎の前に置かれた盃《さかずき》に徳利を傾けたが、例の羽織に気がつくと、神妙な顔になった。

「……お主、それは？」

「助けてくれたお礼だと言って御前が。実際には私は何もできなかったのでお断りしたのですが」

「ううむ、見込まれたのか気まぐれか……めぐりあわせというやつなのか……」

寿之丞はぶつぶつと呟いていたが、首を何回か振ると楽しそうな表情に戻り、

「まあよい。くれると言うのだから貰《もら》っておくといいぞ。御前！　食べちゃいますよ」と大きな声をあげた。

「あいあい。好きにしなさんせ」

別間からの声が届く前に寿之丞は鰹の切り身に箸《はし》を伸ばしている。

「ああ、こりゃ旨《うま》い。ほれ、クロウもどんどん食べろ、酒も飲め」

そう言われ、箸を伸ばして烏賊をつまみ、口に運んだ。

確かに旨い。

烏賊を飲み込む前に鰹に手を伸ばし、薬味に置かれた辛味大根をのせてそれも食べた。

やはり旨い。

「ところでクロウ、お主の荷物から飛び出てる細い鉄針はなんだ？」

「鉄針……ああっ！」

感九郎は声を上げて箸を置いた。

先ほど落とした時に曲がってしまっていないだろうか。

荷から長い鉄針を取り出して検《あらた》めると、気に入っている三本はまっすぐなままである。

予備の三本のうち、二本は少々曲がっていたが、編むのに差し障りはなさそうだった。

胸をなで下ろしていると、寿之丞が烏賊を頬張りながら更に聞いてくる。

「それは何かの道具か？」

「……内職の道具です」

「内職？」

「家の禄高《ろくだか》がそこまで高くなく、恥ずかしながら針仕事を……」

感九郎の脳裏には不機嫌な父の顔が浮かんでいた。

内職をしていると、針仕事など女子供のすることだ、と嘲《あざけ》るように言ってくるのが常だった。

「なにも恥ずかしいことはないだろう。いまどき、武士の内職など珍しくもない。しかし、長いな、その針は。しかも両側が尖《とが》っていて、ともすると危ない。いったい何を作るんだ、それで」

「手袋です。メリヤスの」

途端、寿之丞は目を見開いて箸を置いた。

「なにい！　お主、編み物をするのか。しかも手袋を編めるのかよ！」

「提灯《ちょうちん》張りや細工ものなどもやったのですが、組紐《くみひも》のような糸を使うものが性に合ったうえ……けっきょく手になじんだのがメリヤスなのです。最近は南蛮由来の大《おお》砲《づつ》の操練に必要とかで、メリヤスの手袋をたくさん編めとのお達しがきていまして……他にもメリヤス足袋《たび》や柄袋《つかぶくろ》、首巻きなども編みますし、いまは胴衣をつくっております」

「他のはいい。必要なのは手袋なのだ！　お主が編んだのはあるか？　あれば見せてくれ」

えらい剣幕である。

その勢《せ》いに急かされ、元締めのところに納める前の生成りの手袋を何枚か風呂敷《ふろしき》から出して渡すと、あれほど騒いでいた刺身そっちのけで眺めたり引っ張ったりしている。

感九郎が肩をすくめ、膳《ぜん》の前に戻って鰹をつまんだその瞬間、その手を寿之丞がしっかりと摑《つか》んだ。

「お主、いい腕してるな、刺身などうっちゃってついてこい……おい、コキリ！　コキリ！　見つけたぞ！　おい！」

寿之丞は怒鳴り声をあげると、その怪力をもって感九郎を無理やり立たせた。

そのまま引きずるように別間へと連れていく。

感九郎の右手は箸を持ったまますさまじい腕力で摑まれているから、刺身をつまんだまま動かすこともできない。

鰹の切り身が空を切っていく。

ちょっと待ってくださいよ、と半ば叫ぶように声を出すが、寿之丞は耳を貸さず、空いている方の手でメリヤス手袋を振りまわしながら歩みを止めない。

そうやっていくつかの部屋を通り抜けた先は、行灯《あんどん》が一つしか灯《とも》されていない薄暗い一間であった。

誰もいないのに寿之丞は暗闇に向かって「おい、コキリ、見つけたぞ」と怒鳴っている。

よく見ると、行灯の近くに文机《ふづくえ》がおいてあり、おおいかぶさるように黒い影がもぞもぞとうごめいている。

寿之丞がさらに怒鳴る。

「おい、コキリ！」

「うるさいんだよ！」

途端、甲高い叫び声がおこり、黒い影がむくりと立ち上がった。

「オレが仕事してる時は話しかけんなって言っただろ！」

叫び声を上げているのは痩《や》せた若い女である。

赤いちりめん襦袢《じゅばん》と薄い半纏《はんてん》を羽織ったその上に、目ばかりが大きい童《わらべ》のような顔をのせている。

笑ってでもいようものなら子供のようで可愛いのだろうが、眉《まゆ》も目尻《めじり》も怒りで吊《つ》り上がり、お不動《ふどう》様のような表情をしている。しかも髪に至っては結いもせずに乱れたままで、怒気に満ちたあやかしのようである。

縮みあがって寿之丞を見やると、こちらはびくともしておらず、あいかわらずの楽しそうな表情を浮かべている。

「そんな仕事なぞうっちゃっとけよ。見つけたんだよ、お前が探してたやつ」

「オレの筆を軽んじるな！　これでも売れっ子だぞ！」

「だからそんなもんうっちゃっとけって。お前いってただろう、例の『仕組み』には編み物の手袋があれば面白いんだがって」

「確かに言ったけどよ……高い金だして糸まで手に入れたのにメリヤスをこっちの注文通り編んでくれる奴などいなかったじゃねえか。信用がおける相手じゃなきゃいけないから、編み手をやたらめったら探すこともできねえ、とか言ってやめたのは貴様だし、仕方ねえからオレが頭ひねって代案も出しただろう」

「だから見つけたんだよ。これを見ろよ」

寿之丞は振りかざしていたメリヤス手袋を突き出した。

赤襦袢の女は機嫌悪そうにそれをもぎとり、行灯に近づけて眺めはじめる。

寿之丞は声をひそめた。

「こいつはコキリという。頭はいいが口が悪い。ついでにいつでも機嫌が悪い」

うなずいたが、それどころではない。怪力の寿之丞に摑まれた右手が痺《しび》れはじめていた。箸の先には鰹《かつお》の刺身がつままれたままである。

だしぬけにコキリがすくりと立ち上がり、ずんずんと歩いてきた。

気圧《けお》されて一歩後ろへ下がった感九郎の持った箸をむんずと摑み、刺身をぱくりと食べてしまった。

「……このメリヤス手袋は貴様が作ったのか」

刺身を咀嚼《そしやく》しながらの問いにうなずくと、ふん、とコキリは鼻を鳴らした。

「ずいぶんきれいに作るもんだな。これひとつ編むのにどれくらいかかる」

「手首までのものなら両手分で三刻《とき》くらい。肘《ひじ》までのはさらに三刻かかる」

そう答えるのに、コキリはまた鼻を鳴らしてから「たしかにメリヤス使った方が話が面白いんだよなあ」などと呟《つぶや》いている。

「クロウにやってもらおうぜ。その方が笑える『仕組み』になる」

寿之丞がそう言うのを聞いて、感九郎は眉間《みけん》に皺《しわ》を寄せた。

わからないところで話が進んでいる。

いったい「仕組み」とはなんなのか。

メリヤスとどういう関わりがあるというのだろうか。

なにごとかブツブツ言っていたコキリが顔を上げて甲高い声を出した。

「よし、そうしよう。クロウとかいったな。仕事を依頼したい。もちろん工賃は払う。安くはないぞ」

感九郎は面食らった。

ずいぶん急な話だ。

お役目も家も失った今、金子《きんす》が手に入るのはありがたくもある一方、全く話が見えないのは不安である。

「仕事というのは何なのですか？」

「最上級の絹糸を用意してあるから肘までの手袋をひと組み、両手分編んでくれ」

「絹糸で肘まで？」

感九郎の声が一段と高くなった。

肘までのメリヤス手袋はよく見る形であるが、驚いたのは糸についてである。

普段は木綿糸で編んでいる。

幕府筋が大砲の操練に使う手袋は安く、実用的であることが大事なのだ。

富のある者が時々、絹のメリヤスを使うとは聞くが、世の中に出回っている数は少ない。

しかも絹製で肘までとなるとさらに値が張り、見たこともないほど希少である。

いったい何のための手袋を編まされるのだろうか。

その疑問を口にすると、コキリはさらに不機嫌になった。

「そんなことは後でわかるよ。とにかく編んでくれ。見本があって、それに綺麗《きれい》に似せる必要がある。だけど、見本通りじゃ困るんだ。まず、絶対に指先から編んでくれ。あと、指の根元からは手の甲側と手のひら側とに分けて編み、それから……」

いろいろと細かい注文が出てきたのを聞き、感九郎は片眉を上げた。

この女、やたらとメリヤスに詳しい。

そう言うと「調べりゃわかるよ、こんなこと」と言い捨てて、話を続ける。

そんなものかと思いながら聞いていたが、コキリの言うような手袋の作り方は聞いたこともない。何に使うのだろうか。

不安に思いながらも、とにかく引き受けることにした。

時間があればできそうではあったし、やったことのない新しいものをつくりだすのは興味深かったからである。

「最後の仕上げの前に必ずオレに見せろよ。必ずな。それがこの仕事の条件だ。いいか、絶対に勝手に仕上げるなよ。その前のところでオレのところに持ってこいよ」

甲高い声で念を押すコキリにその理由を聞いても、「いいから」の一点張りである。

観念して「どれくらいまでに編みあげればいい？」と聞けば、寿之丞が三本の指を突き出した。

「三日後の夜に使いたい」

「そりゃ無理だ！」

思わず出た大声にコキリが冷たい声をかぶせる。

「貴様、さっきは六刻で肘までのは編めると言っていたじゃないか。ありゃ嘘か」

「あれはいつも編んでる手袋の話だ！　こんな細かい注文を出されたら三日後では無理だ。編みながらいろいろ考えねばならないし」

「気張って編め」

「無茶だ」

押し問答をしていると寿之丞が間に入ってきた。

「工賃ははずむぞ。それに、今日からしばらく、この墨長屋敷に滞在して良いように御前に頼んでやる。もちろん食事付きだ。お主、あの刻にあんな風呂敷《ふろしき》包み背負《しょ》ってたってことは、泊まるところも決まってないのじゃないか？　まるで旅支度だものな」

図星である。

感九郎は腕を組み、目をつぶった。

工賃だけでなく、寝る場所と食事まで付いてくるのは魅力的だ。

しかし、三日後までに完成できるだろうか。

「お主、『もし編み上げられなかったらどうしよう』と考えているだろう」

頭上から寿之丞の低い声が心地よく響いてくる。

「自分の力を信ずるのはなかなか難しい。が、挑戦する時には心持ちは『できるかできないか』ではないぞ。『やる』のだ」

「しかし、できる確証のない仕事を引き受けるわけには……」

「世の中に確かなものなどもともとないのだ」

「…………」

「色即是空、すべては己の胸三寸。気持ちひとつだよ」

寿之丞の言葉を聞いても、それはそうだけれど、としか思えない。

しばらく、誰も口を開かなかった。

ふと、肩に手が置かれた。

寿之丞である。その手は大きく、肉厚で、温かい。

ゆっくりと顔を上げると、その顔は穏やかな表情を浮かべている。

感九郎はしばらくそれを眺め、大きく息をついた。

「……わかりました。やってみます」

コキリが目を丸くして寿之丞の方を向いた。

「なんだ、断るのかと思った。さすがは詐欺師だな、ジュノ。見事に人をのせやがる。騙《だま》しの技もここまでくるとあっぱれだ」

「それがしのは詐術じゃなくて奇術だぜ。いつも言ってるだろう」

寿之丞が相変わらず楽しそうな顔をして言うのに、コキリは三たび、ふん、と鼻を鳴らした。

「ひと皮むいたら中身は同じさね。手妻の皮むきゃ中は騙しだ」

「ならお主とおんなじだな。女の皮むきゃ汚い言葉を撒《ま》き散らす八九三《やくざ》者だからな」

「ああ、オレはそうさね。本当はみんなそんなもんなんだよ、人間なんてのは」

「けっ。カブいてやがる」

「傾《かぶ》くなんてのは弱い奴がやることだ。オレのは本音ってやつだよ」

「本音がそんなんだからいつも男に逃げられんだ」

「貴様だってよく振られてるじゃないか」

感九郎は眉間《みけん》にしわを寄せた。

寿之丞とコキリの終わりのない舌戦を聞いている暇などない。

引き受けた仕事をやりきるのならば、すぐにでも編み始めなくては。


ひたすらに眠い。

感九郎は編み針を置いて体を伸ばし、畳に横になった。

御前が二つ返事で貸してくれたこの一間で、どれほど編み続けているだろうか。

なにせ、明後日《あさって》の夜までには手袋を完成させていないといけないのだ。

しかもただの手袋ではない。

コキリに渡された見本は絹糸で精巧に編まれたもので、それに似せて編むだけでも難しかった。

絹糸は木綿糸よりもすべって編みにくいのだ。

しかも求められたのは染められていない、いわゆる「生成り」のメリヤス手袋で、色としては白に近く、編み目の乱れがよくわかってしまうから気が抜けない。

さらに、思っていたよりも糸が細く、二本を手元で合わせて「一本の糸」のようにして編む「二本どり」という技を使っているものだから厄介である。

これはメリヤスならではの技で、編む糸の本数を変えてその太さを自在にできるのだが、二本とも揃えて編み目を綺麗にすることに気を遣わねばならない。

そこにさらに細かい注文がついている。

ひと唸《うな》りして帯に差した長い鉄針を抜き、手にしていた二本と合わせて編みかけのメリヤスからその針が抜けてしまわないように慎重に畳に置くと、ごろりと寝転がった。

仕事を引き受けてから丸一日たっている。

やりきれるかどうか、不安しかない。

寝転がったまま、行灯《あんどん》の優しい光を眺める。

寿之丞は墨長屋敷の住人に「寿《じゅ》の字《じ》」とか「ジュノ」と呼ばれているそうだ。

コキリ曰《いわ》く「あんなやつ呼ぶのに『コトブキノジョウ』なんて言ってられるかよ。長すぎるし、なんだよその雅《みやび》な名前。似合わねえだろ。そう呼ぶのは御前くらいだ」とのことである。

ジュノは不思議な侍だ。

いつもやたらと楽しそうで、近くにいるとその生命力を分けてもらえるのか、少し元気になる気がする。

齢《とし》はおそらく感九郎より十歳くらい上の、三十搦《がら》みであろう。

しかしあと十年、いや二十年生きたところで、あのような振る舞いには決してならないだろうと思う。

自分の延長上にはジュノの生き方はないのだ。

見事な手妻の技を持っているのだから手先は器用なはずである。

やってみればメリヤスも編めるだろうに、と言うと「面倒臭いのがかなわんのだ」と顔をしかめていた。

「面倒臭い、か……」

そう呟《つぶや》いて身を起こし、長鉄針を手に取った。

感九郎はメリヤスを編む工程を面倒とは思っていなかった。

たしかに同じことの繰り返しだが、編んでいると、すう、と気持ちが落ち着いてきて、自分の中の「穴」が気にならなくなる。

もちろんそれで「穴」がなくなるわけではないのだが、自分の中の空洞に苦しめられなくなるのはありがたいことだ。

どことなしの空虚さも、頭の中で自分を責める声も、不思議となくなる。

自分には剣術より編み物の方が向いているのではと思う理由がこれであった。

小太刀術を稽古《けいこ》していると確かに気分がすっきりとはするのだが、心が静かになる境地にはいまだ達していない。

その一方でメリヤスを編みはじめると、すぐさま心が静かになる。

内職仲間に聞くと、何人もが「気がまぎれる」だの「嫌なことを忘れる」だの言っていたので、ことさら自分に何らかの才能があるわけでもないのだろうが、心身にえらく馴染《なじ》む感じがする。

そんなことを思っていると、先ほど編んだところに間違いを見つけたので、そこまで糸をほどきはじめた。

メリヤスは糸を結ばずにからませていくだけだから、端糸《はしいと》を引っ張れば簡単にほどくことができる。

間違えても直すことができるのも気に入っているところだ。

織物や、縫い物などはこうはいかない。

とはいっても、絹は弱く、下手をすると糸がいたんでしまうから、慎重に糸を手繰ってから間違えた箇所を直さねばならない。

メリヤスというものは本当によくできている。

難しく見えるが煎《せん》じ詰めれば、糸の輪っかに針を入れて糸を引っ張ってくる、ただそれを繰り返すだけである。

糸から何かを作り出すという点では織物と同じだが、出来上がるものはずいぶん違う。

織物は平たくしかできないが、編み物は一本の糸から「平ら」にも「筒」にもできるのだ。

鉄針を二本つかって端から端まで糸をからめる作業を往復させていくと、「平ら」な編み地ができていく。

一方、両側を尖《とが》らせた鉄針を三本つかって三角形をつくるようにひたすら一方向に編んでいくと、糸が螺旋《らせん》状に綺麗《きれい》にからまりあって「筒」になっていく。

しかもその編み地は、布と違って伸び縮みするから、ものを覆うのに適している。

刀の柄袋《つかぶくろ》。

メリヤス足袋《たび》。

手袋。

これらメリヤスでつくるものは、結局のところ、伸び縮みする「筒」である。紅毛人たちは、腕や胴体が入るような大きなメリヤスの筒を組み合わせ、服を作るようだ。

茗荷谷《みょうがだに》に住む「折原照房《おりはらてるふさ》」という侍がメリヤスに長じていて、その周りの者たちは襦袢《じゅばん》や股引《ももひき》まで編んでいるそうだから、同じ理屈なのだろう。

まだ会ったことはないが、感九郎も素朴な胴衣を編み始めていることもあり、そのうちに探して訪ねたいと思っている。

そもそも、この国にメリヤスが入ってきたのは安土桃山《あづちももやま》、織田信長《おだのぶなが》や豊臣秀吉《とよとみひでよし》の時代から江戸初期にかけてだそうだ。

金平糖や軽衫袴《カルサンばかま》と同じく、葡萄牙《ポルトガル》や西班牙《スペイン》などの南蛮から来た宣教師たちがもたらしたのだという。

遠い異国からやってきたこの手仕事が自分に馴染んでいることは、どこかしみじみと感じいるものがあって、それも感九郎がメリヤスを好きな理由であった。

湯呑《ゆの》みを取り、冷え切った茶をがぶりと飲み干す。

夜がゆっくりと更けていく。

墨長屋敷は静まり返っている。

先行きが見えないこれからの、その始まりがこの仄暗《ほのぐら》い一間なのだ。

不安はある。

「人生を切り拓《ひら》く」感など皆無である。

ただ川に流されるように翻弄《ほんろう》され、ここでメリヤスを編むことになってしまったのだ。

人生、何があるかわかったものではない。

奇妙なメリヤス仕事を押し付けられてしまったが、何を考えようとひたすら暗くなるだけだから、その暇がないのは逆にありがたい。

しかも三日間だけとはいえ、食べる物と寝るところに困りはしないのだ。

メリヤスが招いた幸運である。

「芸は身を助く」というが、まさか内職の手仕事に導かれるとは思わなかった。

さあ、とにかく編まねばならない。

いまは糸と針だけが自分を支えている。

感九郎はもう一本の長鉄針を右腰の帯に差し込んで、糸を手繰りはじめた。

心がまっさらになっていく。

針を糸の輪にさしこみ、向こうの糸にかけて引き出してくる手の動きが心を安寧へと導く。

寝ずに編み続けているせいだろうか、自分が起きているか眠っているかもあやしいくらい心が穏やかになる。

夜は更け、糸は編まれ、感九郎の心は凪《な》いでいった。

第三章　感九郎、まきこまれる

「ほぉどぉくぅ？」

感九郎の口から、思いもよらない大声が出た。

「そうだ、ほどくために編んでもらったんだ」

冷徹な言葉をかけているのは、もちろんコキリである。

ジュノは「コキリ、『仕組み』の説明をしてやれよ。わけわからん、て顔してるぞ」と言いながら、食事の支度をしている。

「なんでほどくんだ。かなり丁寧に編んだのだぞ」

「ああ、丁寧なのはわかる。良い出来だ」

「じゃあ何故……」

「だから言った通りだ。ほどくために編んでもらったんだ。きちんと工賃は払う。仕事なんだから出来上がった品をどう使われようとぐちゃぐちゃ言うな」

コキリは、顔を青黒くさせて、そう言い捨てた。

取りつく島もない。

ご飯を盛った茶碗《ちゃわん》に茶を注ぎ、膳《ぜん》に据えたジュノがまた助け舟を出す。

「おい、コキリ。かわいそうだから『仕組み』を説明してやれって」

「うるさいな、貴様がしろ。オレは眠いし腹も減っている。ここ二日ばかし休まず仕事してたんだよ」

不機嫌の極みであるが、寝ていないのは感九郎も同じである。

コキリはそのまま崩れるように座り込み、何も言わずにジュノの用意した茶漬けを貪《むさぼ》り始めた。

ジュノが肩をすくめる。

「クロウもどうだ？」

いらない、と言った途端に腹が鳴った。ジュノが笑って、ご飯をよそいはじめる。

「お主も食っておけ。ここ数日、ろくな食事をとっていないのだろう。まずは飯だ。何もないから茶漬けくらいで勘弁してもらわねばならんが……」

そう言いながら手際よく茶をいれ、丼《どんぶり》に注いで差し出す。

それを受け取った感九郎が食べ始めてしばらく、別の部屋から深皿をもってきてくれた。

細かく刻んだ漬物らしきものがたっぷりと盛られている。

これはありがたいと手を伸ばすと、あっという間もなくコキリに奪われた。

「うまい……うまい」

赤襦袢を着崩したうえに半纏《はんてん》を羽織り、漬物を貪りながら茶漬けをすするその有り様は、決して品の良いものではなかったが、童子が一生懸命に飯を頬張っている姿を彷彿《ほうふつ》とさせ、ほのぼのと笑ってしまった。

「……なにがおかしいんだよ……」

コキリが睨《にら》みつけてくる。

感九郎が咳払《せきばら》いをして「なんでもない」とごまかすと、漬物をこちらに差し出してくる。

受け取って食べ始めてみると、やたらと旨《うま》い。

大根とその葉の古漬けを細かく切ったものに生姜《しょうが》と鰹節《かつおぶし》があえられていて、驚くほど茶漬けに合う。

コキリがあのような食べ方になるわけである。

「存分に嚙《か》んで食えよ。空《す》きっ腹に茶漬けをかきこむと腹具合が悪くなる。冷や飯しまう。

ジュノにそう言われたが、いったん食べ始めるとやたら空腹を感じて口が急《せ》いてしまう。

どうもいかんな、と思っていると、騒々しく食べ終えたコキリが、今度は「胃の腑《ふ》が痛い」と腹を押さえて丸くなってしまった。

言わんこっちゃない、とジュノは呆《あき》れ顔である。

「こいつはいつもこうなんだ。頭はいいが、馬鹿なのだ」

感九郎は目の前でうんうんうなっているコキリを見て、ああはなるまい、と思い、努めてゆっくりと食べ始めた。

口に運ぶたびに箸《はし》を置いて目を閉じ、つとめて咀嚼《そしやく》するように二口、三口進めていると、どことなく視線を感じて顔を上げた。

ジュノが杓文字《しやもじ》を弄《もてあそ》びながら、こちらをまじまじとみている。

顔に飯粒でもついていますか、と問うてみると、違う違う、と首を振り、

「お主、『仕組み』に付き合ってくれんか？」

出し抜けにそう言われた。

咄嗟《とつさ》のことに、感九郎は飯粒が変なところに入ってしまい、ひどく噎《む》せた。

「……なぜ私がそんなことに加わる必要があるのですか」

「あてにしていた仲間の都合がつかなくてのう、本番までに誰かはこの屋敷に帰ってくるかと思っていたのだが、ご覧の通りそれがしとこいつしかおらん」

そう言いながら杓文字が向いた先を見ると、コキリが腹を押さえたまま起き上がっている。

「そうだ、貴様も手伝え」

その不機嫌な様子も物言いも、到底、人にものを頼む態度ではない。

「なんですか、いったい？」

慌ててそう返すと、二人は顔を見合わせ、感九郎の顔を覗《のぞ》きこんでくる。

「乗りかかった船というではないか」

「手伝わねば工賃はビタ一文払わねえぞ」

二人が同時に口を開き、身を乗り出してくる。

感九郎は丼を置いて目をつぶり、頭《かぶり》を振った。

「……もしやるとして、何をすればいいんですか」

「やってくれるのか！」

破顔したジュノに「手伝うと決めたわけではありませんよ。まず説明してください」と言うと、コキリが不機嫌そうに口を開いた。

「現場に行って、貴様が編んだ手袋をほどくだけだ。きちんとやれよ」

それだけ言い、また腹を抱えてうずくまってしまった。

感九郎が唖然《あぜん》としていると、ジュノが「おい、それじゃクロウはなんだかわからんぞ。きちんと説明しろ」と言いながら、丼へご飯をよそっている。

どうやら自分の分らしい。

コキリは「十分わかっただろう。オレは腹が痛いんだ。それどころじゃない」と地獄の底から出ているような声で呻《うめ》いた。

ふん、と鼻を鳴らすジュノの、その大きな丼が空になっているのを見て、感九郎は絶句した。

大量の茶漬けが三口か四口でなくなっている。

よくも「存分に嚙めよ」などと言えたものだ、と呆れていると、巨軀《きょく》の手妻師はさらに丼へ茶漬けを作っている。

間髪を容《い》れず、これでもかというくらいの量の漬物を箸でつかみ、それを旨そうに嚙みしめながら、またもや茶漬けをかきこんでいる。

実に楽しそうな顔だ。

驚くことに、それからジュノはさらにもう一杯茶漬けを平らげ、おひつを空にして鼻唄《はなうた》を歌いはじめた。

一方、コキリはまだうずくまって呻いている。

ジュノが丼を片付け始めたのを見て、感九郎はおずおずと声をあげた。

「……あのう」

「うん？……ああ、ひょっとして、お主、飯が足りなかったか！　ああ、これは失念していた。残念ながら、今朝に炊いた分はいまそれがしが食ってしまった……ちょいと待たれよ、たしか煎餅《せんべい》かなにかがあっちの棚に……」

「いや、そうではなく……」

「おお、煎餅より飯が良いか。まあ、待たれい、ちょいと馴染《なじ》みの店に行ってもらってこよう」

「いや、そうではないのです……いや、最前から言っている『仕組み』が何かを教えてもらいたく……」

「おう、そうだった。茶漬けが旨すぎてな、すっかり忘れていた。むう、本当はコキリが話すのが良いのだが、あれでは使い物にならん」

ジュノはまた、待たれい、と言って丁寧に煎茶《せんちゃ》を淹《い》れた。

「何から話せば良いかわからんから、ちょっと長くなるぞ。いやな、この墨長屋敷に住まう者はそれがしやコキリを含めて、時々、『特別な仕事』をしておるのだ」

「『特別な仕事』？」

胡乱《うろん》な話である。

感九郎は常々「正しく生きたい」と思っているから、疑わしい話に関わるなどとんでもないことである。

ジュノは頭を掻《か》きながら、いやあ、と続けた。

「もちろん普段は自分の仕事をしている。それがしならば手妻師として座敷を回っていることが多いな。上客には按摩《あんま》もする。こう見えて人気があってな、それがしを呼ぶのはなかなか金がかかるのだ。コキリは……お主、可不可《かふか》という名を聞いたことがあるか？」

「カフカ？　戯作《げさく》者の乱津《らんつ》可不可ですか？」

乱津は無双の人気を誇る書き手である。

感九郎の歳がまだ十ばかしの頃だから八、九年前だろうか、『変わり身一代記』という奇妙な題の戯作を引っさげて読本《よみほん》界に登場すると、あれよあれよという間に話題になり、当代きっての人気戯作者となった。

乱津の書くものは面白い上に意味深く、老若男女いろいろな読み方ができることで有名である。

そのおかげで感九郎少年は読本の楽しみを知り、父親の目を盗んでは読みふけっていたのだ。

一時はその弟子になって自分も戯作者になろうなどとあらぬ夢を抱いたが、当の乱津は正体を明かさない書き手として有名であった。

噂では、公家《くげ》のやんごとなき家の出身であるとか、道教の秘法を極めた生き仙人であるとか、まことしやかに言われていたが、その本当のところは結局誰も知らず、子供ながらにえらく残念に思った覚えがある。

ひょっとしてコキリは乱津可不可の娘なのではないだろうか。

自分と同じくらいの歳だろうから、その可能性はある。

そうであれば謎の人気戯作者の正体を知っているということだ。

足元でうずくまって呻いているコキリを改めて眺めていると、ジュノはにやりと笑った。

「それそれ……まあ江戸《えど》にいて知らぬ者はいないよな」

「乱津の『変わり身一代記』、大好きですよ」

「ああ、あれは随分と売れたな」

「……ひょっとして、コキリは乱津の娘なのですか？」

ジュノは首を振った。

「それでは弟子であるとか」

「いいや、違う」

ジュノはうずくまっているコキリを指差した。

「この馬鹿が乱津可不可、その本人なのだ」

「はあ？」

感九郎の素《す》っ頓狂《とんきょう》な声が部屋に響いた。

ジュノは湯呑《ゆの》みを口にして、ずず、と茶を啜《すす》っている。

「『変わり身一代記』は十歳の時に読みましたよ。コキリは私と同い年くらいでしように」

「こいつはいま十九だそうだ」

「じゃあ私と同じじゃないですか。話がおかしい！」

「あれはこいつが十年前書いたんだと。本人に聞いてみるといい。『オレは歳とらねえんだ』とか真顔で言い出すから始末が悪いがな」

事も無げにそう言われ、感九郎は奇妙な面相のまま固まった。

当のコキリは腹を抱えたますますうすうと寝息を立てている。

ジュノは茶をがぶりと飲んで話を続けた。

「……お主が信じないのなら仕方がないが、とにかく、こいつもそれがしも、他の者たちも普段の仕事の他に『特別な仕事』をしているのだ。そしてそれがしどもがそれを『仕組み』と呼んでいるというだけだ」

「仕組み」だの「特別な仕事」だの、胡乱でしかない。

感九郎の眼差《まなざ》しが斜《はす》になる。

「……いったいなんなのですか、その『特別な仕事』というやつは。それを聞かない限り手伝いなどできませんよ」

「さる筋に頼まれてな、色々なことをするのだ」

「それではなにも説明になってませんよ」

ジュノは、確かにそうだな、と言った。

「今日の『仕組み』は、ある小間物屋がいてな……」

ジュノは茶を飲み干してから語り始めた。

「準備はできたか」

茶漬けを食べてから一刻《とき》ほど、感九郎はメリヤス手袋の仕上げをしていた。コキリに、あとで簡単にほどけるように端糸を工夫しろ、と言われて苦労しつつ仕上げたのである。

やっと終わったと思えば、今度は現場へと向かう準備を急げと言う。

寝不足で重くなった腰を持ち上げてコキリを眺めると、いつものだらしない風体ではなく、地味な小袖《こそで》を着て髪も小さく結いまとめ、町娘然とした装いをしている。

この時にはじめて、コキリがかなりの器量好《よ》しであることに感九郎は気づいた。

「行くって決めたんだからぐずぐずするなよ」

と部屋を出て行くその言い草はふてぶてしく、流麗な乱津の筆致とはかけ離れている。

あの後、ジュノが肝心の話を感九郎にしはじめてしばらく、目を覚ましたコキリが横からやいのやいのと口を挟んできた。挙げ句の果てにまた「手伝わねば工賃は払わぬぞ」と居丈高にがなり立てる始末。ジュノは「お主が手伝ってくれないと人手が足りないのだ。頼む」とこちらは拝み倒すように迫ってくる。

「手袋を編む間の食べ物と寝るところは心配するな」と言われて引き受けたものの、

感九郎は結局この三日間ほとんど寝ていない。工賃ももらえずに放り出されたらたまったものではない。寝不足になっただけの骨折り損である。

不審な話に荷担するのは嫌だったが、いたしかたなく、あらためて「仕組み」とやらの現場まで手伝いに行くことを請け合ったのだった。

立ち上がり、衣桁《いこう》にかけてある黒羽織を手に取り、袖を通す。

御前からもらった紋付は驚くほどぴったりで、羽織ると身が軽く感じられるほどだ。

感心しながら刀を腰に差そうとして迷い、結局、脇差《わきざし》一本だけを手に取った。

最後にメリヤス用の鉄針と糸も風呂敷《ふろしき》に入れて隣の間に行くと、藍染《あいぞめ》の長着を着たジュノがコキリと茶を飲んでいた。

巨漢の手妻師は地味な着物を着ていてもやはり目立っている。

てっぺんの髪を残して側頭部を剃《そ》りあげた奇妙な髷《まげ》を結っているから、色使いをおとなしくしても、雰囲気を隠せるものではないし、その派手な作りの顔は隠しようがない。

そんなことを思っていると、当のジュノが感九郎の格好を見て、目をすがめた。

「ちょうどいいではないか」

羽織のことだろう。

感九郎が頷《うなず》くとジュノは笑顔になったが、なぜかその表情は寂しげな色に染まっている。

コキリが不機嫌そうに、遅いぞ、と空いている座布団を指さす。

「最後の確認をするから早く座れ。おいジュノ、貴様が説明しろ」

「わかったわかった。今晩の『仕組み』、標的は小間物問屋、天口伊兵衛《あまぐちいへえ》だ。さっき話した通り、天口は長崎《ながさき》と江戸を行き来して、南蛮の品をこちらに持ってきている。扱うものの中には法に触れるものもあるが、江戸には奉行所の手をわずらわせるような南蛮品がたくさん流れてきているから、そんなのは小さいことだ」

ジュノはひとつ身じろぎをすると、腕組みをして話し続ける。

問題は、最近になって幕府中枢で要職を担う者とつながりはじめていることだという。

天口は元は長崎で幅を利かせた盗賊団の頭で、捕まって流罪になるところを逃げ出したうえ、それを隠して問屋を営んでいるのだそうだ。

しかし悪事から足を洗ったのではなく、実際には裏でさまざまに立ち回って悪だくみをしている組織の一員なのだという。

その悪党どもはすでに幕府に仕える武家とつながりがあるようなのだが、そのうえ天口が食い込んできたら、状況がさらに悪くなってしまいかねない。

　ジュノがそう言うのに感九郎は甲高い声をあげた。

「ちょっと待ってくださいよ。そんな大きな話だとは聞いてませんよ」

　幕府筋うんぬんだの悪党の組織だの、さっきの話では出てこなかったはずだ。

　当のジュノは「あれ、話さなかったか？」などといい加減なことを言っている。

「悪いことをしている商人を懲らしめる、という話は聞きましたが」

　そうだっけ、と頭を掻《か》くジュノの隣でコキリは怒鳴った。

「中身だいたい合ってるからいいじゃねえか。話の腰を折るな」

　首をすくめた感九郎にむかってジュノは一回眉毛《まゆげ》を動かしてから、話を続けた。

「今日、天口が崎山《さきやま》という中堅の旗本と会食をする。そういうやつと飯を食うっていうのは、つまり幕府の偉い奴と強く結びつくための布石なのだ。おそらくすでにつながっている武家が仕組んでいるのだろうが、そいつの尻尾《しっぽ》は摑《つか》めないから仕方ない」

　寿之丞の話によれば、今日の「仕組み」は天口が罪人であったことが崎山にわかって話がぶち壊しになれば良いらしい。

崎山は人付き合いの良い、城内でも信頼を得ている旗本のようで、天口の過去を知ればそのような悪党とつきあおうという武家に対し、崎山がひとこと言って止めるようになるだろうとのことである。

「それならば崎山に直接伝えれば良いのでは？」

感九郎が問うた。

仕組みだなんだと手間をかけずとも、それで終わりである。

コキリがいかにも面倒臭そうに口を開いた。

「お前なあ、話をよく聞いとけよ。奴らは大人数いるのに、自分たちが実は悪党である、ってことを長いこと隠しおおせているんだぜ。江戸城内の武家だってその悪党一味を知ってる奴は『例外』を除いていないんだよ。もちろん崎山って旗本野郎はそんな組織があるってことすら露ほども知らないだろう。そんなところへオレらみたいな奴が『天口は悪党ですよ』なんて言いに行って『はい、そうですか』となるか？　証拠も何もないのに信じるわけねぇ」

そう言われてみればそうである。

さらにその告げ口が天口たちの組織に知られたら、ジュノやコキリ、崎山まで口封じに殺されることも考えられる。

　コキリの口ぶりからすると、悪党の組織は想像を超えて大きいようだった。

　それよりなにより感九郎が衝撃を受けたのは、その組織がすでに幕府とつながっているらしいということだった。

「悪党の出す金に釣られた武家がいるんだろう。いまの時代、金に困ってる武家は多い」

　コキリが吐き捨てるのに感九郎が眉根を寄せると、ジュノが低い声を響かせた。

「頭のいい、ずる賢い奴が糸を引いてるに違いないのだ。とにかく、それがしたちが頼まれたのは、崎山に天口が罪人であるという証拠を見せて怪しませることだ。そのとっかかりを作れば、後はこの『仕組み』の依頼人の方で動くらしい」

「……依頼人とは誰なのですか？」

「残念ながら、それは『仕組み』の話を持ってくる御前しか知らん。そういう約束で引き受けているのだそうだ……ああ、そうだ。『仕組み』の内容とは別に、やり方については天口が罪人だというそのバレ方が、話のタネになるような形であるのならより好ましい、とも言われている」

　コキリが「無茶言うよな、本当に」と悪態をついた。

　感九郎が「話のタネ？」と聞くと、ジュノは肩をすくめる。

「面白いことが起こった方が崎山の口からその話が回るからな。天口が悪人であることを噂が広めてくれるのだ……いろいろ考えたすえ、コキリが考えたメリヤスを使うのが一番面白くてな、それでクロウに頼んだのだ。それがしどもはこれから天口が使う料亭へ行く。料亭にはこちらの自由がきくように話を通してあるし、天口たちが会食する部屋の隣の間を押さえてある」

感九郎が「随分手回しが良いな」と懲りずに口を挟むと、コキリが「御前だよ。江戸中の店という店に顔がきくんだ」と呟《つぶや》いた。ジュノはそれに頷いて続ける。

「天口は逃げ出す前に左手首に刺青《いれずみ》を彫られた。罪人の証《あかし》だ。奴はそれをメリヤスの手袋で常に隠している。奴は『若い頃の火傷《やけど》の痕《あと》を見せたくない』と言って人前でそれを決してはずさない。決してだ。そして、どうにかしてその刺青を崎山に見せるというのがそれがしどもの仕事だ」

ここにきて感九郎が合点のいったように、ああ、と呟くと、ジュノはニヤリとした。

「やることは単純だ」

コキリは仲居になるのだという。

天口が酔って廁《かわや》にたってくれればよし。そうでなかったら、徳利を倒してでもなんでも手袋を汚す役だ。

依頼人からの話だと天口は厠に入る時だけは必ず手袋をはずすらしいし、その懐には予備の手袋が入っていて、汚れたら取り替えるのが常らしい。

その時が勝負だという。

「クロウの編んだものと、奴の手袋をすり替えるのはそれがしの役目だ」

天口は性分が細かいらしく、使うものをどこで買うのか決まっているそうだ。

手袋も同じ店で同じもの、同じ色を求めるらしい。

「しかもその時には酔っ払ってるはずだからな、違いなど気づきゃしないだろう。まんまとクロウ特製の手袋を奴が手にはめたら、それがしがなんとかして端糸をたぐれるようにする。天口が宴《うたげ》の間に入ったら廊下からその端糸を引っ張って、やつの手にはまったメリヤス手袋をほどけるだけほどいてしまう」

ジュノが語るのに、感九郎は得心がいったように大きく頷《うなず》いた。

だからあのような妙な手袋を編まされたのだ。

普通のつくりでは端糸をひっぱってほどいていくと、その糸が腕に巻き付いてしまう。

編んだ手袋はコキリの注文通りにつくったから、いとも簡単にほどけていくだろう。

「刺青が見えるところまでほどけたら、仲居に扮《ふん》したコキリが『いけない！　お客様、手袋がほつれております』だのなんだのと声をあげてどさくさに紛れて袖《そで》をまくり、崎山が刺青を見るようにする」

「ちょっと待ってください。それなら二人で十分では」

感九郎は甲高い声をあげた。

できればそんな怪しげな「仕組み」などに関わりたくない。

「ところがそう簡単にはいかんのだ」

ジュノは湯呑《ゆの》みを手に取り、茶をがぶりと飲み干した。

「天口には用心棒がいる。正体がわからぬ浪人なのだが、かなりの腕らしい。いつも天口のそばに張り付いていて、厠に行くときもついてくるほどだ。こいつをどうにかしなけりゃいけないから、クロウはそれがしと一緒にいて、用心棒の気をひくか、手袋をとりかえるか、その場の判断でやってほしいのだ……本来、用心棒の相手をする手練《てだ》れの仲間がいたのだが、どうしても都合がつかぬ事情があるようでな……クロウよ、お主が頼りなのだ」

ここにきてさらに物騒な話である。

「用心棒の気をそらすやり方は？」

「そんなもん、貴様とジュノがその場で何とかするしかねえよ。決めてもしょうがねえ」

コキリの冷たい声に、感九郎は眉間《みけん》に皺《しわ》を寄せた。

「それはそうと、お主、剣の腕はどうなのだ？　からっきしならそれがしが用心棒の相手をしなければならない」

感九郎は「剣術は得意ではないのですが」と呟いた。

道場稽古《げいこ》では負けっぱなしであったし、型でも太刀を振るうのは苦手であったが、幸運なことに通っていた道場の先代師範である老剣術家が気にかけてくれて、小太刀術をつきっきりで教えてくれた。

おかげで、今でも脇差《わきざし》の方が身に馴染《なじ》んでいる。

ジュノとコキリが心配そうに目配《めくば》せをし合うなか、感九郎は無言で後ろに下がり、あぐらをかいたまま小太刀を腰に差し、懐紙を二枚取り出した。

柄《つか》に右手を添え、その上に左手の懐紙を、静かに載せる。

この型を遣う時にはいつも老剣術家が教えてくれた秘訣《ひけつ》を思い出す。

——感九郎よ。大事なのは力を入れることではなく、抜くことだ。

――身体が泥のように溶けて、頭のてっぺんを、天からおりてきた細糸に吊《つ》られるように。

――目ははっきり見えていて、かつどこも見ないように。

老剣術家の声が頭に響いたその刹那《せつな》である。

すん、と刃音をさせて手元が閃《ひらめ》いた。

一瞬にして身体各所が同時に動き、低い居合腰になっている。

左手を添わせた鞘《さや》にはすでに刃《やいば》が戻っている。

それに遅れて、ひらり、と畳へと落ちてゆく懐紙。

一枚は半分に分かたれていて、もう一枚は少しの切り込みもなく、元のままである。

森護流《しんごりゅう》小太刀術抜刀の型「蚊遣《かや》り」である。

肌に微塵《みじん》も傷をつけずに、そこへとりついて血を吸っている蚊を真っ二つに斬れると言われている技で、その名には「この型を身につけた者の近くには蚊が近寄らない」という意味がある。

小太刀を迅《はや》く、小さく、精妙に遣うこの技を、師は繰り返し教えてくれた。

おかげで「蚊遣り」だけは他の技より身についた気がする。

師いわく、この技は小太刀の基本にして奥義とのことで、とても大事なのだそうだ。

習熟者は五枚の懐紙を右手の上に置き、自分の望んだ枚数だけを斬れるらしい。

見ると、ジュノとコキリが顔を見合わせていた。

感九郎が「まともにできるのはこれくらいなのです」と言うと、ジュノが破顔した。

「いや、迅いな。思ったより遣うではないか。安心した……しかし、用心棒はそれがしができるだけ相手しよう。万が一のこともある」

「万が一とは……？」

コキリが無造作に立ち上がった。

「貴様が死ぬかもしれんってことだ……ちなみにな、貴様に渡した手袋の見本だが、もともとは天口の持っている予備の一つだ。それを手に入れた依頼人の筋の者は、その手袋を届けたのを最後に消息が分からなくなったらしい。殺されたのではないかという話だ。手袋一つでも、怪しいことがあれば念には念を入れる奴らなのだ……死ぬなよ。後始末が大変だからな。さあ、もう出るぞ！」

そう言って、さっさと部屋を出て行く。

ジュノは、大丈夫大丈夫、などと呑気《のんき》に言っている。

感九郎はひとつ、深いため息をついた。

第四章　感九郎、ほどく

料亭「癸《みずのと》」は谷中《やなか》の奥、人けのない静かな処にあった。

時おり目にうつる竹林が涼やかなその辺りは、初夏というのに仄暗《ほのぐら》い青い光で満ちていて、どこか安心するような空気だったが、そこに不穏が混じっているように感九郎が思うのは、胡散《うさん》臭い「仕組み」の現場へ向かうからだろうか。

三人が料亭に到着すると、女将《おかみ》らしき風体の女が寄ってきて「まだ一人しかいらしておりません」と伝えた。

おそらく天口たちのことだろう。

すでに誰か一人は来ているらしい。

店に上がろうとすると、声をかけられた。

「感九郎！　感九郎ではないか！」

聞き覚えのある声に目をやると、親友の瀬尾源太《せおげんた》である。

黒い紋付羽織に二本差し。

背は感九郎よりもわずかに高く、細身に見えるがその実、鍛え抜かれた身体であることは一目でわかる毅然《きぜん》とした姿勢。

絵に描いたように立派な「武家」である。

幕府でも指折りの切れ者と噂される旗本、瀬尾源太夫《げんだゆう》の嫡男であるだけに威厳ある風格を備えているが、精悍《せいかん》な顔立ちに浮かべる朗らかな表情がそれを和らげている。

「おお、源太じゃないか」

驚いて近づこうとすると、コキリが「『鴇《とき》の間』だ。なるべく早く来い」と囁《ささや》いてきた。

応《こた》える間も無く、そのまま二人とも店の奥へ姿を消したので、感九郎は改めて源太と向き合い「こんなところで何をしている」と問うた。

「父に届け物を頼まれたのだ。お前こそなぜここに？」

源太は輝くような笑顔でそう答えた。

家柄がよく、性格が明るく、剣術も得意な彼は人望のある男である。

一方、感九郎は虚弱なうえ考え事に沈む性格で、なぜこんなに異質な二人が仲が良いのだろうか、と自分でも不思議に思っている。

感九郎は幼少の頃より源太に憧《あこが》れていた。しかし、不思議なことに妬《ねた》みはなく、また同時に源太は感九郎のする話を本当に楽しそうに聞くような、そんな関係であった。

自分のなかにある「穴」についても、源太にだけは話したことがある。

感九郎が「野暮用で呼ばれたのだ」と言葉を濁すと、源太はそれまでの表情を一転させて不安げな顔になった。

「お前、大丈夫か？」

源太が感九郎の腰の脇差を見て声を潜めたその時、店に新しい客が入ってきた。

刀を一本のみさしているところをみると浪人であろう。

歳は三十くらいだろうか、驚くべきはその顔だちで、見る者が寒気を覚えるような美しい顔をしている。

風体といえば品の良い長着を着流していて、それがまた似合っているのだが、鳥肌が立つような暗さをその身に纏《まと》っていて、整った顔貌《がんぼう》も装いも、身から滲《にじ》み出る凄《すさ》まじい暗さを隠しきれてはいない。

浪人は出てきた店の者と話しながらあたりを眺めている。

そちらから目を離せなくなった感九郎の胸を、源太はかるく拳《こぶし》で叩《たた》いた。

「おい、黒瀬感九郎！　この瀬尾源太が心配しておるのだぞ！」

ふざけ半分で源太がそのように言うのも、どこか遠くから聞こえてくるかのように思えるほど浪人に気を取られていて、ああ、と生返事で答えた。

気がつくと、浪人がこちらを見ていて、目が合った。

感九郎は身震いした。

浪人の眼は、その奥に何もないように空っぽの闇で満たされていた。

もともとの相貌《そうぼう》が整っているだけに、独特の恐ろしさを感じる。

その視線と呼応して、感九郎の「穴」の中の暗闇が毛穴からにじみ出てきてしまうようである。

「……カンクロウ……おい、感九郎！」

気がつくと源太が心配そうに顔を覗《のぞ》き込んでくる。

「お前、本当に大丈夫か？」

「……ああ……悪い。大丈夫だ。実は久世森羅の件で召し放たれてしまったのだ……

……そのうえ勘当もされてしまってな」

「そのいきさつは聞いている。実は昨日、お主の母御《ははご》がうちに来たのだ。つらかろう。いま、どうしているのだ」

「……ちょっとした仕事を引き受けている。住処《すみか》も用意してもらっている」

「それは良かった。いや、久世の件では相談されたのに力になれなかったこと、本当にすまなかった。お主の力になりたい。近々屋敷に来ないか。とりあえず話そうぞ」

源太は、感九郎が召し放ちになった理由である「蘭方医・久世森羅」の件を話した唯一の友人である。

「ありがとう。もう私は浪人になってしまったが……源太の家に邪魔をして迷惑ではないのか？」

「迷惑なもんか。いつでも歓迎する」

源太が笑顔を見せてくれる。

感九郎が礼を言おうとすると、背筋に悪寒が走った。

見れば、浪人がまだ凶々《まがまが》しい視線をこちらへ放っている。

と思えば、外から新たな一人の男が店に入ってきた。

禿頭《とくとう》の、これも高価そうな羽織を着た老人である。

浪人になにか話しかけているその男の手を見て、感九郎は浮き足立った。

メリヤス手袋をはめている。

きっとあれが天口だ。

感九郎は笑顔の源太を残して、別れの挨拶《あいさつ》もそこそこに店の奥へと足を運んだ。

そのことを後でとても、とても後悔した。

源太の笑顔をしっかりと見ておけば良かった、と。


「遅いぞ、クロウ、何やってたんだ！」

鴇の間へ入った途端、怒声が飛んできた。

コキリである。

それに答えず「天口が来た」と言うと、コキリの目がつり上がった。

「貴様、顔を見られなかっただろうな」

「天口はたぶん大丈夫だが……用心棒らしき浪人にはしっかりと見られた」

「馬鹿野郎！　だから早く来いと言ったんだ！　『仕組み』の展開がしにくくなったじゃねえか」

「……やはり、まずかったか」

「当たり前だ！　こういう『仕組み』は繊細なんだ！　相手が気づいたらどうする？　口封じに相手を皆殺しなんてできねえんだぞ。もともと荒事を避けるために面倒くさい『仕組み』なんてやってるんだからな……もうお前は用心棒に絶対顔を見られるな」

「どうしてだ？」

「阿呆《あほう》！　怪しまれたらどうする。何かあったらお前だけじゃなく一緒にいるオレらまで目をつけられるんだぞ。それだけじゃねえ。下手したら今回の『仕組み』自体が失敗する」

小柄な戯作《げさく》者はまるで不動明王の如し、怒髪天を衝《つ》かんばかりである。

ジュノが間に入ってくる。

「仕方のないことだ。めぐりあわせというやつがある。それより準備だ。崎山が来たらいつでも始められるようにしておかないと」

コキリは舌うちをし、ここからはしっかりやれよ、と言い捨てて部屋を出て行った。

ジュノは「確かに困ったな、用心棒にクロウの顔を見られちゃまずいとなると手がないな」と、話とは裏腹に、呑気《のんき》な声を出している。

「どうすれば良いですか？」

「わからん。ここまできたらなんとかして天口の刺青《いれずみ》を崎山に見せるだけだ」

行灯《あんどん》に照らされるジュノはいつもどおりの楽しげな顔だった。

「それでは崎山殿、……れば、家老の森山様とお引……せいただけますか」

「了解いたし……森……貴殿のお力が必要かも……らな」

隣の間から細々と聞こえてくる話し声を聞いて感九郎は目を見開いた。

聞こえてくる限り、どうやら天口の扱っていた品を崎山が気に入ったらしく、その礼をするために設けられた会合のようだった。

コキリも仲居として働く時にはあの汚い言葉遣いをやめていて、きちんと給仕しているのがうかがえる。

感九郎が驚いたのは、ここにきて知った名が出てきたからだった。

家老の森山とは、感九郎が凸橋家に仕えていた時の直接の上役である。

ジュノを見ると、暗い中で寝転がって仕組み用の手袋をいじりつづけている。

そのうちに起き上がり、手招きをしてきたので近づいた。

「クロウが用心棒に顔を見られぬようにする『仕組み』の筋書きを考えたのだが……

…」

ジュノが声を低くして話し始めたので、感九郎は神妙な顔をした。

ろくな説明も聞かされず、巻き込まれるようにして手伝うことになったとはいえ、ジュノたちの仕事が自分のせいで失敗するのは申し訳なく思えていた。

「残念なことに考えつかないのだ」

それを聞いた感九郎が愕然《がくぜん》とするのも意に介さず、ジュノは呑気に囁《ささや》き続ける。

「……しかしな、それがしは『仕組み』を諦《あきら》めたわけじゃないぞ」

ジュノが大きな目玉をぐるりとめぐらせた時、音もなく廊下側の障子が開いて静かにコキリが入って来た。

「ダメだ、天口に酒をついでやたらと呑《の》ませたんだが、酔うばかりで厠《かわや》に立つ気配はねえ。談合もうまくいって奴は上機嫌だが、『仕組み』としてはうまくねえ。オレは動くぜ」

声を潜めてそれだけ伝え、また音もなく部屋を出ていく。

ジュノはニヤリと笑ってからまた囁き声を出した。

「コキリのやつ、天口の手に酒をこぼすか何かするんだろう。それでもし天口が手袋を予備のものに変えるとしたら厠に立つ。先回りしておこうぜ」

「どうするんですか」

「クロウは隠れ場所を見つけろ。それがしは厠で待つ。天口とすれ違いざまにメリヤス手袋をすり替え、そのまま何とかして用心棒をひきはがす」

感九郎が頷《うなず》くと、ジュノは眉《まゆ》を動かして楽しそうに笑った。

「本来はそれがしが手袋の端糸を引き出す予定だったが、お主が何とかしてくれ」

「は？」

そのまま立ち上がって腰に刀を差し、障子へと向かうジュノをあわてて追いかけて止める。

「何とかって、なにをすればいいんですか」

「用心棒をどうにかしている間、それがしの手はふさがっている。お主が天口の手袋から端糸を引き出すしかない」

「そんな馬鹿な！　無理で……」

感九郎の声が高くなり、ジュノの大きな手で口を塞《ふさ》がれた。

しばらくそのままで隣の間の様子をうかがって、なにも変わりがないのを確かめてから、巨軀《きょく》の手妻師はいつものように笑みを浮かべた。

「大丈夫だ。あれだけメリヤスをうまく編めるのだ。お主の手には糸がなじむはずだぞ……自分の仕事が終わったらすぐに店を出ろ。用心棒をなんとかしたら、それがしもドロンする」

感九郎は目を白黒させた。

「無理ですよ！」

「こういう時にすることはただ一つ。自分を信じるのだ」

ジュノはそう言って障子を開け、廊下へと出ていってしまう。

感九郎もあわてて小太刀を帯び、それに続いた。


廊下には誰もおらず、静かである。

この料亭「癸」が特別な場所として使われているのがよくわかる。

店のつくりが高級であるにもかかわらず、華美さはおさえられている。

壁の塗りかた一つとっても単純ではあるが品があり、それが柱から表具まですべてに行き渡っている。

ジュノは「ではそれがしは雪隠詰めとなる」と言って、廁へと入ってしまった。

感九郎は迷った末、その近くに小部屋を見つけ、身を隠した。

ここは店の者たちが使う場所らしく、小皿や酒器が並んでいる狭い部屋であるが、戸の一部に格子がついていて、廊下の様子がよくわかるので都合が良い。

角度をつけて覗《のぞ》き込むと厠の前まで見える。

これも店の趣向なのか、廊下は暗く、本当に必要なところだけに行灯が置かれていて、幽玄な空気に満ちている。

感九郎は固唾《かたず》を呑《の》んだ。

不意に、天口の宴《うたげ》の間の方から騒ぎ声が聞こえてきた。なにか謝る声が聞こえてくる。

小さいのではっきりとしないが、おそらくコキリだろう。

すぐに障子の開く音がして、何人かの足音が聞こえてくる。

それとともに聞こえてくる「すみません、すみません」という声はコキリのものだ。

暗がりにしゃがみこんで、格子から廊下を見ていると、そのうちに通りすぎる人の脚が見えた。

先の二人は用心棒と天口で、それを追ってゆくのはコキリに違いない。

「大変な粗相をして申し訳ありません」

そう謝るコキリに「なあに、酒がかかっただけだ。気にするな」と機嫌良さそうに答えるのは天口だろう。酔いが回っているような口ぶりである。

そのまま小部屋の前を通り過ぎ、二人分の足音が厠へと向かっていく。

一方、酒宴の間に戻る足音もあるが、それはコキリのものか。

感九郎は戸に近づいた。

いったいどうすれば良いのだろう。

ジュノのように相手に知られずにあざやかに手袋の端糸を引き出すことなどできない。「自分を信じるのだ」などと言われたが、信じたところでどうなるものでもない。

厠の方から扉の開く音がした。

ジュノに違いない。

感九郎はかぶりを振り、身をかがめて戸の格子からそちらの方を覗き込む。

天口と用心棒の姿がよく見える。

厠から現れたジュノが天口とぶつかり、「おっと失礼」と呟《つぶや》く。

その拍子に持っていた手拭《てぬぐ》いを落とし、それを拾おうとしゃがみこんでいる。

すでに手袋はすり替えられたのだろうか。

驚くべき早業である。

天口は巨漢の手妻師を眺めてから厠へと入っていった。

残った用心棒をどうにかせねばならない。どのような術を使うのだろうか。

そう思って眺めていると、手拭いを拾い上げたジュノが立ち上がり、用心棒とすれ違った。

用心棒がそれを追うようにこちらに振り返った刹那《せつな》、ジュノは躍るような足取りで、あっという間に用心棒の向こう側をすり抜ける。

巨軀が、宙を舞う羽のようにくるりと回転して、振り向いた用心棒の背後に回っている。

見事な体捌《たいさば》きである。

用心棒は、おそらく目の前から巨体の侍が消え去ったように感じたのか、はっ、と身を固めた。

その隙に、すかさずジュノが用心棒の首筋に手刀を打ち据え、間髪を容れずに後ろから口を押さえて抱え込み、廊下の向こうへと引きずっていった。

瞬《まばた》きでもしようものなら見逃してしまう、一瞬の出来事だった。

感九郎は、ジュノの術に舌を巻いたが、感心している場合ではない。

次は自分の番である。

無茶苦茶であるが、なんとかしなければならないのだ。

迷っている暇もない。

厠《かわや》から出てきた天口がそう言ってあたりを見回していた。

マンジとは用心棒の名に違いない。

「おい、卍次《まんじ》。卍次よ」

天口はやはり玄関で見かけた男であった。

禿頭《とくとう》で背が高く、痩《や》せていて両手に手袋をしている。

酒のせいで顔は赤く染まり足取りもわずかにふらついている。

感九郎は小部屋から廊下に出て、目立たぬところにひっそりと佇《たたず》みながらそれを見ていた。

この段になっても、どうしたらよいのかわからない。

一つだけ、これは、と思う手があるが、それも突飛である。

しかし、ここで自分が何もできなければこの「仕組み」は失敗なのだ。

……ええい。

ままよ。

感九郎は歩き出した。

天口は用心棒の名をしばらく呼び続けたのち、首を傾げてこちらへ歩きはじめた。

感九郎は浮き足立ちそうになる足を落ち着かせた。

天口が近づいてくる。

感九郎は狭い廊下の右側に体をずらし、天口の左手側とすれ違うようにする。

天口は酔っていて、ふらついている。

あと数歩で天口とすれ違う。

感九郎の脳裏に小太刀の師匠の声が響く。

――感九郎よ。大事なのは力を入れることではなく、抜くことだ。

――身体が泥のように溶けて、頭のてっぺんを、天からおりてきた細糸に吊《つ》られるように。

――目ははっきり見えていて、かつどこも見ないように。

天口はもう目の前である。

まさにすれ違わん、とした時、感九郎は重力に身をまかせるように転倒した。

その刹那。

――すん

とわずかな刃音がして、次の瞬間には鞘《さや》に小太刀が戻る感覚がした。
その直後、顔から床板に倒れこみ、鼻と頬をしたたかにうつ。
倒れこみながらの小太刀術抜刀の型「蚊遣り」である。
斬った標的は天口の左手である。
しかし、手、それ自体ではない。
肌に傷ひとつつけぬよう、メリヤス手袋だけを狙ったつもりである。
「大丈夫かな、若いの」
天口が声をかけてくるところをみると、小太刀の抜刀には気づいていないようである。
感九郎が顔をおさえたまましゃがんでいると、手を差し出してきた。
「酒も良いが、飲みすぎるといけないな……儂《わし》も今日は飲みすぎた」
機嫌の良い天口の声に顔を上げてから、感九郎は落胆の色をあらわにした。
羽織の左袖口《そでぐち》に切り込みが入っている。
差し出された手にはめられたメリヤス手袋には傷ひとつついていない。
所詮《しょせん》は自分の小太刀術。達人には程遠いその結果を見て、感九郎は目を伏せた。
そのままその手を取り、立ち上がろうとして、ふと気付いた。

天口の左手が目の前にある。それどころではない、その手を握っているのだ。

感九郎はゴクリと唾《つば》を飲み込んだ。

「……どうした、怪我でもしたのか」

天口の問いに、いえ、酔いが回りまして、と答えながら右手も出してすがりつくように腕を摑《つか》み、手首と肘《ひじ》の間にあるはずのメリヤスの端糸《はしいと》を探る。

心臓の鼓動が自分にこんなに聞こえるものだろうか。

手は不思議と震えてはいない。

自分で編んだものであるから、すぐにわかった。

端糸の小さな結びをそっと引っ張ってほどき、右手の指でつまんだままなのを悟られぬよう、ゆっくりと立ち上がった。

天口は酒で真っ赤になった顔に笑みを浮かべ、「儂も若い頃は立てなくなるほど吞《の》んだものだ」などと言っている。

上機嫌である。談合《だんごう》がうまく行ったのだろう。

その笑顔を見て、感九郎は自分を助け起こしたこの老人を「仕組み」にはめることに罪悪感を覚えはじめた。

うつむいていると、天口は「では」と、宴《うたげ》の間にむかって歩き始める。

慌てて、つまんだ糸端《いとはし》が逃げていかぬよう指に力を込め、同時に天口に悟られぬように糸が自然にほどけるようにゆっくりとついていく。

指先に、わずかな、ぽつ、ぽつ、というメリヤスがほどけていく感覚がゆっくりと伝わってきた。

天口は気付いていない。

感九郎は足を止め、姿勢を低くした。

天口の歩みにしたがって、メリヤスの編み地が、ぽ、ぽ、ぽつぽつぽつぽつ、とほどけて端糸は長くなっていく。

感九郎は、その余った糸を手に巻きつけながら、身を進める。

呼吸が浅くなる。

薄暗い廊下の幽玄な空気に酔いそうになる。

メリヤスはほどけつづける。

天口は気づかない。

振り向きもせず、宴の間の障子を開け、中に入る。

感九郎も急いでその前まで移動する。

ひたすらに糸を引きはじめると、さきほどとは比べ物にならないほど早くほどけ、そのうちに、すっ、と抜けるような感じがした。
手首のあたりがほどけきったのである。
障子の向こうで何か騒ぎが起きはじめた。
聞こえてくるのはコキリの声のようである。
あとは任せよう。
自分の仕事はここまでだ。
感九郎は鴇《とき》の間に向かい、鉄針と糸を風呂敷《ふろしき》に急いでつめ込んだ。

第五章　感九郎、さらにほどく

店の玄関へ急いで草履を出すと、店の者が「先ほど、お連れさまが酔い潰《つぶ》れたご浪人を抱えて外へ行きましたが大丈夫ですかな」と訊《き》いてきた。

用心棒を抱えたジュノだと察し、心配いりません、夜風に当てに行ったのです、と伝えた。

外へ出て、墨長屋敷のある蔵前へ戻ろうとしたが、なにせ辺りは真っ暗で、提灯《ちょうちん》もない。

むら雲のかかる月はぼやけるばかりで頼りにならない。

風呂敷の中で鉄針がかちゃかちゃ鳴る音があたりに響く。

少し歩いてからあきらめ、提灯を借りに店に戻ろうとすると、竹林へと入り込む横道からなにやら気配がする。

ひょっとして、と思って覗《のぞ》き込めば存外にひらけていて、ほのかな月光に浮かび上がるのは間違いなくジュノであった。

声をかけようとして驚いた。

その向こうに立っているのは卍次と呼ばれていた用心棒である。

ジュノの手刀を喰《く》らったはずである。

夜闇に浮かび上がる凶々《まがまが》しいその影は太刀を上段に構え、そこから沸き立つような殺気が肌にびりびりと感じられるほどだ。

感九郎は息を押し殺した。

二人の間の空気が、まるで水のように、ぬめり、と形を持ち、そしてさらに重くなっていく。

足で地を摺《す》る音がして、ほんのわずか、ジュノが近づく。

浪人は動かない。

ジュノは無手だ。

感九郎の背筋が凝り固まっていく。

下半身は青く冷たくなって地面を感じられない。

しばらく、蛙《かわず》の鳴く声だけが時の流れを知らせるばかりである。

だしぬけに一陣の風が吹いた。

その途端、影が一瞬で交差して二人の位置が入れ替わる。

感九郎が、ああっ、と叫ぶ。

ジュノがうずくまっているのだ。

が、次の瞬間、狼狽《ろうばい》していたのは用心棒の方であった。

手元の剣がなくなっている。

代わりにその太刀を手にしているのは、先ほどまで無手だったジュノである。

どうやら無傷のようだ。

ジュノの手妻の術なのだろう。

ここまでくると奇術ではなく剣術奥義の無刀取りである。

ジュノは起き上がり浪人の太刀を中段に構えた。

「お主、かなりの遣い手だな……そもそもそれがしの手刀で気を失わなかったやつは初めてだ」

そう言って、刀の刃を返す。

浪人は喋《しゃべ》らず、自分の得物を失ったまま、隙を窺《うかが》うように身構えた。

「悪いが、ちょっと眠ってもらおう」

ジュノはそう言うが早いか、凄《すさ》まじい速さで間合いを詰めて浪人を剣で打ち据えた……ように見えた。

剣は浪人の身体に触れず、その少し手前でぴたりと止まっている。

次の瞬間、二人は獣のようにお互いから離れた。

あらためて刀を振りかぶるジュノが、ちっ、と舌打ちする。

なんということだろう。

安定感の塊のような、手妻師の心が揺れている。

涙を流さず、しかし泣いているようだ。

なぜかはわからぬが、感九郎にはありありとわかるのだった。

心の揺れるのが収まらぬまま、ジュノは刀を捨てた。

そのまま大きく足を踏み込む。用心棒を拳《こぶし》で打ち据えようとでもいうのだろうか。

間髪を容《い》れず、用心棒がそれを避《よ》け、ふん、と息を吐きながら肩から体当たりをすると、ジュノの巨体が見事に吹き飛んだ。

感九郎が風呂敷を地に落とし、ちゃりん、と鉄針が鳴る。

ジュノ！　と叫んで駆け寄った。

「……くそう……まだ刀を振れぬのか……」

ジュノが唸《うな》っている。

背をひどく地に打ち付けて身動きが取れなくなっているようだ。

しかし、それ以上にジュノは弱っている。

いったいどうしたことだろうか。

打撃をくらった痛みからだけではない。

無念と懺悔《ざんげ》に満ちた青白い空気をあたりに撒《ま》き散らしているのだ。

先ほどからなぜ、ジュノの内面がこんなにわかるのだろう？

感九郎は困惑した。

目の前のジュノはまるで別人だ。

心なしか体が小さくなってしまったように見える。

不意に、背後から灰色の声が降ってきた。

「黒瀬感九郎か」

意外な名指しに慌てて振り向くと、足音も聞こえぬまま、すぐそこまで用心棒が近づいてきている。

感九郎は小太刀に手をかけた。

「手間が省けた。命をもらうぞ」

用心棒の灰色の声が再び響くや否や、すさまじい勢いでみぞおちに固い塊がぶつかってきた。
直後、体ごと吹き飛び、頭が何かにぶち当たる。
そして、暗闇に落ちた。

＊＊＊

昏《くら》い中で独り、感九郎は目を醒《さま》した。
いったい自分はどうなってしまったのだろう。
卍次に殺されたのだろうか。
ジュノはどうなったのだろう。
あれは全部夢だったのだろうか。
わからない。
あたりを見回してみる。
——ここはどこなのだろう
霞《かす》みがかったように曇っていてよく見えない。

やはり自分は殺されてしまったのだろうか。

話に聞く三途《さんず》の川は見当たらないが、しばらく先から、ひょう、という風音が聞こえてくる。

そちらに歩みを進めてみると、近づくほどに、霞が晴れていき、見えたのは大きな穴であった。

風音がするのはその穴からのようである。

古井戸のような見かけをした、漆黒の闇に満たされている、吸い込まれてしまいそうな大きい穴。

不意に、感九郎は思い当たった。

この穴はいつも、自分のなかにあいている「穴」ではないだろうか。

なぜ目の前にあるのか。

「穴」に近づいてその奥を覗《のぞ》き込んだ。

真っ暗闇であるが、何かが息づいているかのような気配がある。

見れば、下りていけるような段がついている。

思えば「穴」の前にやってきたのは初めてである。

自分の中にあるとばかり思っていたのだから、当たり前だ。

そもそも、この「穴」を覆い隠すように「家」だの「父」だの「お役目」だのといった「壁」を周りにはりめぐらせていたのだ。

自分では「穴」を埋めたい、なんてことを思っておきながら、実際にはそんな風にして逃げていたのだ、とふと思った。

そして、そんな簡単なことに初めて気づいたことに驚いた。

逡巡《しゅんじゅん》した末、「穴」を下りていくことにした。

どこまでも続くように思っていた「穴」は、そこまで深くなかった。

底は横に広がっていて、暗い中にわずかな光が見えたので、そちらへと向かうと太い木の格子でできた扉が見えた。

まるで座敷牢《ざしきろう》である。

感九郎が格子に触れると、扉はすんなりと開いた。

「……やっと来たか。待ちくたびれたぞ」

突然の声に、気が張り詰めた。

一体誰がいるというのだろう。

「おお、驚かせたか。すまんすまん……」

と、声が響くと、どういうからくりになっているのか、ゆっくりと床が光りはじめた。

見れば、こちらに背を向けて、文机《ふづくえ》に向かっている人物がいる。

暗闇の中に灯《とも》っていたわずかな光は机の上に載っていたものらしい。

「お主、何者だ？」

「……ははは……」

その人物は笑いながら立ち上がり、ゆっくりとこちらを振り向いた。

「俺はな、お前だよ」

「……な……！」

その人物の姿形を見て、感九郎は絶句した。

いいいいいいい、それはまがうことなき自分だったのだ。

女のような細面。

目の上に鎮座する太い眉毛《まゆげ》。

眉間《みけん》に刻まれた深いしわ。

痩《や》せた体つきもそっくりで、白装束を着ているのだけが感九郎と違っていた。

「な、な、な……何を言うのか！　私が私だぞ」

呼吸の仕方を忘れたかのように苦しい息遣いのなか、やっとそれだけ言うと、目の前の「私」を名乗る人物は、は、は、は、と大きく笑った。

感九郎の笑い方とは違う。

それは自信に満ちた不敵な笑いだった。

白装束の「私」は続けて言い放つ。

「それはそうだろう。お前はお前、黒瀬感九郎だよ。それは間違いない。そして、俺はお前なのだ」

感九郎の声はこんなに太く、低く響きはしない。むしろ高くて細い方である。

白装束はこちらへと近づいてくる。

近づけば近づくほど姿形は自分に似ているが、雰囲気や表情はずいぶん豪放である。

目の前までやってくると、懐手をして自分の顎《あご》を撫《な》ではじめた。

「お前、死にそうだな」

「……死にそう？」

「先ほど、派手に蹴《け》り飛ばされただろう。それで気を失ったのだ。後はとどめを刺されるだけだ」

そうなのか！　一刻も早くあの場に戻らなければ。

「おい、待て待て、そう慌てるな。ここでは刻《とき》が流れぬ。もう少しゆっくりしていってもいいだろう。お前がなかなか来ないから暇で暇でしょうがなかったのだ」

「ここはどこなのですか？」

「なんだ、わからないのか。ここはお前の世界だよ。お前の内側でもあるし、外側でもある」

まったくわからない。

いや、この「穴」が自分の中にあるということはわかっていた。

このような人物がいることが不可思議なのだ。

改めて、「お主、何者なのだ？」と問うた。

「だからさっきから言っているだろう。俺はお前だ。そしてお前でない者だ」

「…………？」

感九郎が困惑していると、白装束は、ちと見ていろ、と言って立ち上がった。

そのまま何かを確かめるように腕を振り、怪訝《けげん》な顔をしている。

「ん？　お前、たしか糸を使ってなにか仕事をしているよな？」

「……メリヤスを少し」

「メリヤス？……ああ、あの鉄針で糸をたぐるやつか。それでこうなるのか。いやいや、私もこういう存在になって長いが、これははじめてだな」

そう言って、右手の人差し指を突き出した。

何かと思って眺めると、人差し指の先から糸が出ている。

おや、と思うやいなや、その糸が空中に引っ張られるようになって、ぷつぷつぷつ、と指先がほどけていくではないか。

呆気《あっけ》にとられていると、指だけではない、腕、肩、頭、足腰、と白装束の人物がどんどんと糸になっていく。

まるでメリヤスをほどいているかのようである。

感九郎が絶句していると、今度はその糸が、何かの形に編まれていくではないか。

そのうちに、目の前には奇妙な髷《まげ》をした巨漢の男の形が編み上げられた。

それはジュノであった。

しかし妙である。

目の前にたちはだかる巨軀《きょく》の手妻師は涙を流していた。

その表情は無念と後悔に満ちていて、かける言葉もない。

驚いているうちに、白装束のジュノはまた指先からほどけていって糸になり、それがまた別の形に編まれていく。

今度はコキリの姿になった。

コキリはしゃがんで、膝《ひざ》を抱えている。

もう生きる気力もないように。

目は虚《うつ》ろに曇り、口は開いたままである。

そのうちにまたほどけて糸になり、「私」に戻ると、白装束は不敵な笑みを浮かべた。

「どうだ、わかったか」

感九郎は首を振った。

「……知り合いが泣いていました」

「泣いていた？……おお、最初のやつか。泣いていたな。ありゃな、あいつが心の中でいつも泣いているってことだ」

どういうことだろう。

ジュノは常に笑みを絶やさず、周りを安心させる空気をもつ人物で、涙とは縁がないのではと思えるくらいである。

コキリも獰猛《どうもう》とも言えるようなあの生命力が微塵《みじん》も見られなかった。

感九郎がそう言うと、白装束は肩をすくめた。

「お前が見たものが真実だ。それがお前の《力》なのだろうな」

「《力》？」

「そうだ。お前は他人の胸の深くに隠した気持ちを知ることができるようだ。それも手に取るようにな。最近、そういう経験をしてないか？」

確かに、ここにくる前、ジュノの気持ちが「手に取るように」不思議なほどわかった。

「いったいなんなのですか、その《力》というやつは？」

「《力》は《力》さ。お前がいつも糸を手繰ってるから、こんな《力》が身についたのかもしれんな」

糸を手繰るのと関係している？

メリヤスを編んでいる時に心が鎮まるのは確かだが。

そんなことを考えていると、急にあたりが煙ったように霞《かす》みがかっていく。

あたりを見回していると、白装束が、そろそろあちらにひきもどされるな、と呟《つぶや》いた。

「さっきも言ったように、お前は死にかかっている。気を失って倒れてるから、斬られたらおしまいなのだ。そうならぬよう、身体を操って小太刀を抜くところまではしてやる。もし生き延びられたら、影をよく見ろ」

「影？」

「ここは影の世界だ。お前が向こうの世界に戻ったら、こちらの世界は影として見えるのだ」

何を言っているのかわからない。

霞《かすみ》が濃くなり、白装束の姿も見えない。

「影は影でしか触れられぬ」

響いてくるその言葉を最後に、感九郎は霞に埋まった。

＊＊＊

急に視界がひらけた。
途端、
ぎゃりん、と目の前で鋭い音がはじける。
感九郎は瞠目《どうもく》した。いったい何が起きたのだろうか。

ひたすら夜空ばかり見える。

冷たい、硬いものを背にして寝ている。

自分は地面に仰向《あおむ》けに倒れているのだ！

そしてどうやら倒れたままに小太刀を抜刀し、卍次が突き立てようとした刃《やいば》を、すんでのところで打ち払ったようである。

いつもの「蚊遣り」だかどうかもわからない。

卍次の刀は感九郎の頰をかすり、地面に突き刺さっている。

それはすぐさま抜かれ、またもやこちらに向けられた。

あわてて小太刀を脇に捨て、転がって逃げる。

後を追って、地面に突き立てられる凶刃。

その何回目かで、とうとう刀が羽織のたもとに突き刺さり、地面に縫いとめられてしまう。

さらに転げようとしたものの、晩夏の蟬のようにじたばたと踠《もが》くのみである。

動けぬ。

絶体絶命である。

いつ雲が晴れたのだろうか、月輪からさす白い光があたりを照らし、脇に立つ卍次の姿を浮かび上がらせる。

息を荒らげながら見上げると、卍次の整った顔が白く光っている。

その瞳《ひとみ》、月光を受けてなお光は宿らず。

どろりと立つ姿、まるで幽鬼のよう。

この世のものとは思えない空気をまとい、卍次は感九郎の胴を踏みつけた。

そして地面から刀をゆっくり引き抜き、切っ先をこちらに向ける。

目をつむることもできない。

身体中から汗が噴き出す。

もうこれまでか、と思ったその時、おそるべき勢いで大きな影がぶち当たって卍次は吹き飛んだ。

月光に照らされるのはジュノの姿である。

ジュノは咳《せ》き込みながら卍次を追っていく。

九死に一生を得た感九郎が這《は》うようにその場を逃れて立ち上がると、ジュノと卍次は月光を浴びながら対峙《たいじ》していた。

　その周りの空気が重く、濃くなったようで、近づくことすらできず、ただ固唾《かたず》を呑《の》むばかりである。

――影をよく見ろ
脳裏に白装束の言葉が響いた。
影？
月光の作る二人の影がこちらに向かって伸びている。
感九郎はそれを眺め、われ知らず呻《うめ》いた。
ジュノの影は背中が不自然に盛り上がっている。
まるで重い荷物を背負っているかのようだ。
卍次の影はさらに突飛なことになっている。
顔の、目にあたる場所に「影の穴」があいている。
その部分だけ切り取られたように月光が地面を照らしているのだ。
目をこすり、卍次の実際の顔を見る。
もちろん穴など空いていない。
ふたたび影を眺める。
やはり、目の部分だけ影がない。
よく見れば、穴の周りがほつれたようになっている。
そして、そのほつれから細い糸となってほどけた影が、顔の周りにからまっているではないか。
これは一体何なのだ？
卍次とジュノはお互いに身構えたまま向き合い続けている。
ジュノは卍次に勝てるだろうか。
よくはわからないが、巨軀《きょく》の手妻師は人を斬れぬようだ。
しかも今は無手である。
一方、卍次は体格こそ劣るものの、凄腕《すごうで》である。
もしジュノが負けてしまったら、自分では敵《かな》わない。
いま、動かなければならない。
大きく息を吸って、感九郎は肚《はら》を決めた。
――影は影でしか触れられぬ
白装束はそうも言っていた。
なるべく静かに、足音も立てぬようにして卍次へと近づきはじめる。
すぐ気づかれてしまうだろうが、そんなことは言っていられない。
自分の手の影で卍次の影に触れるにはそうするしかない。
月が向こうから照らしてくるので、感九郎の影は背後にあるのだ。

卍次の影に触れるように、手を地面に近づけなければいけない。

不意に、周りの空気が重くなった。

卍次が感づいて気を向けたのだろう。

それでも感九郎はじりじりと迫った。

卍次もジュノもこちらを見てはいない。

ジュノが半歩だけ、間合いを縮める。

卍次がそれへ反応した分、少しだけ空気が軽くなる。

ここぞとばかり感九郎は大きく身を進め、卍次の影にすべりこんだ。

指先が卍次の顔の影からほつれた「影の糸」にかかるや否や、それをつまむようにして転げるように横に逃げる。

ひゅ、と背後で起こる風音は卍次の刃だろうか。

それに続いて地が擦《こす》れ、身のぶつかる音が聞こえてくる。

見れば、ジュノが卍次の手元に摑《つか》みかかっている。

地面を見ると、あろうことか、感九郎の影の指先に「影の糸」がつままれている。

そしてその先は卍次の顔の影に細く長くつながっているではないか！

自分は卍次の影をほどいている！

さらに引っ張る。

影の糸の先がほどけていき、穴が大きくなる。

そのうちに、卍次の顔の周りにあった絡まった部分が手元にくると、触れただけでそれはとけた。

突然、雷に打たれたようになった。

凄《すさ》まじい勢いで卍次の影から「何か」が感九郎に入り込んでくる。

まるで爆風のように。

＊＊＊

血まみれの女が倒れているところへ駆け寄る。

そしてその肩を揺らす。

お宮《みや》、お宮、と口から声が出る。

これは感九郎の声ではない。

卍次だ。

何故かは知らぬが、それだけはわかる。

自分は卍次の見たものを見、聞いたものを聞いているのだ。
女は死んでいる。
口からは、お宮、お宮、と声が出続けている。
真っ暗になり、体が震えるばかりになる。
そのうちに嗚咽《おえつ》が始まる。
でもそれも感九郎のものではない。
あたりに霞《かすみ》がかかっていく。
お宮が霞に埋まり、卍次の嗚咽も遠くなっていく。

＊＊＊

感九郎は目を見開いた。
夜闇の中、いまだ寿之丞と卍次が摑み合い、月光を浴びている。
知らずに止めていた息を吐き出し、呼吸を荒くした。
まるで深い川の底まで潜ってきたかのように。
いまのは卍次の心なのだ。

卍次の影をほどいたから、その心が流れ込んできたのだ。

そう思った途端、摑みかかっていたジュノを卍次が振りほどき、刀を振り上げた。

瞬間、感九郎は叫んだ。

「お宮さん！」

なぜその名を呼んだのかわからない。

卍次の記憶が感九郎の中に残留していたのかもしれない。

とにかく、何かしなければジュノが斬られる、と思ったのだ。

果たして、卍次の持つ刀は振り上げられたところでピタリと止まっていた。

次の瞬間、首だけが、ギギギ、と音を立てんばかりに硬くぎこちなく、ゆっくりとこちらを向いた。

まるで壊れた文楽人形みたいに。

顔は真っ赤で、わなわなとふるえている。

目にも真紅の光が差している。

苦悩が刻まれた皺《しわ》が額に集まっていく。

もともとが美しい顔だけに、その苦悶《くもん》の形相の凄まじさたるや筆舌に尽くし難い。

「……貴様」

まるで地獄の底から聞こえるようなひび割れた声が辺りに響く。

「……お宮の名をなぜ知っている！」

その鬼のような形相で殺気を向けられても、感九郎は不思議にも落ち着いていた。

いつもであれば気圧《けお》されて浮き足立っているはずなのに。

「お宮さんは血を流して倒れていました。そしてあなたは悲しんでいた」

そう言うと、卍次は「貴様ァァ！」と叫び、無造作に近づいてきて胸ぐらをつかんだ。

卍次の影と感九郎の影が大きく交わり、またもや卍次の心が流れ込んでくる。

＊＊＊

飯を食べている。膳《ぜん》を挟んでお宮がいる。一汁一菜の質素な献立だがあたたかさに満ちている。胸の内も穏やかだ。目をあげてお宮を見る。お宮は血塗《ちまみ》れで白目を剝《む》いている。ぎょっとして立ち上がり、逃げ出そうと障子を開ける。そこにも血塗れのお宮が立っている。たまらず走り出す。その先から次々とお宮が現れる。

＊＊＊

感九郎は眉間《みけん》にしわを寄せ、そして理解した。

これは卍次の悪夢だ。卍次の心はこの酷《むご》い夢から醒《さ》めやらぬのだ。

卍次はお宮さんのことを一生懸命忘れようとしているのだ。

忘れようとして忘れようとして、それでも忘れられずに苦しんでいるのだ。

目に光がなく、影に穴が空いているのは、「自分の一部」であるお宮さんの存在を無くそうとしているからに違いない。

しかし、人の心というものはそんな風にはできていないのだろう。

忘れようとすればするほど悪夢に取り憑《つ》かれる。

心にあいた穴の分だけ、ほつれた糸が自分の周りにまとわりついて絡んでいく。

自分はそれをほどいたのだ。

胸ぐらをつかまれたまま、感九郎は喋《しゃべ》り続ける。

「お宮さんのことを忘れたいのですね」

自分の口から出る声が野太く低いのに驚いた。

まるで「穴」の中の白装束みたいである。

卍次は泣いていた。

滂沱《ぼうだ》たる涙が顎《あご》から滴り落ちていくその様は、夜闇でもわかるほどである。

突然、卍次は横から飛び込んできたジュノに抱えられた。

巨体をひねりながら相手の脚を払う柔術の大技が繰り出される。

しかし、先ほどの戦いでどこかを痛めているらしく、ジュノは「むう」と一つ唸《うな》って技の中途でうずくまってしまった。

卍次は地に転がされながらも、猫の様に身を回転させて立ちあがった。

それでもいつのまにか太刀がジュノの手に移っているのはさすがの手妻である。

ジュノは顔をしかめながら起き上がった。

感九郎も身構える。

卍次は鬼の様な形相を崩さずに、凶々《まがまが》しい気を放って感九郎を睨《ね》めつけた。

「……黒瀬感九郎、覚えておくぞ……」

ひび割れた声でそう言うと、疾風の様に駆けて、あっという間に夜闇へと消えてしまった。

第六章　感九郎、泣く

「いやいや、たいしたもんだ。クロウ、お主、『仕組み』の才があるぞ」

ジュノは酒をあおりながら楽しそうにそう言ったあと、顔をしかめた。

卍次に吹き飛ばされた時に負った傷が痛むようである。いつも丁寧に整えられている妙な髷《まげ》が曲がったままなところをみると、かなりこたえているのだろう。

「感九郎さん、たいそう活躍したんですねえ」

御前は涼やかに微笑みながら、つぎつぎと料理を運んでくる。

コキリは膳に据えられた料理を口いっぱいに頬張っている。

墨長屋敷にもどると、墨色に染まった着物の御前が酒食の用意を整えていて、着替えの間もなく宴《うたげ》が始まったのだ。

感九郎は、はい、とか、ええ、とか答えながら酒をちびり、となめている。

コキリの話を聞く限りでは、「仕組み」はうまくいったようだった。

天口のメリヤス手袋は見事にほどけたようで、罪人の証《あかし》である左手首の刺青《いれずみ》があらわになり、崎山はそれをしっかりと見た。その場では何も言っていなかったそうであるが、「依頼人」から受けた内容は満たしたとのことだった。

それはジュノやコキリ、御前、そして「依頼人」にとっては良いことなのだろう。

しかし、感九郎はそれどころではなかった。

自分の中の「穴」。

そこに棲《す》む白装束の「自分」。

まるでメリヤスのようにほどけた卍次の影。

それらのことに混乱させられるばかりである。

そのうえ、罪悪感にまみれていた。

感九郎を助け起こしてくれた天口は悪人とは思えなかった。

そう言うとジュノは「悪いことやってるやつを懲らしめてるのだから気にするな」と慰めてくれたが、あの笑顔を見てしまうと、根っからの悪党とは思えなかった。

「人間、根っからの悪党なんて、そうそういねえよ。いま何してんのかが大事なんだ。天口はいま悪いことしてんだから、悪党なんだよ」とコキリが焼き魚を頬張りながら言い捨てる。

だいたい、この「仕組み」に協力してしまったこと自体、罪悪感の沼にはまる原因になっているのだ。

もともと、胡乱《うろん》な話である。

感九郎がうつむいたまま酒を舐《な》めつづけていると、御前が明るい声を出した。

「さあさあ、今回の仕事賃でありんすよ。宵越しの銭を持つなんてなぁ無粋とはいえ、使う銭なきゃ浮世は始まりゃしやせんよう」

「待ってました、始まりませんよ始まりませんよ。おっしゃる通り！」

「やったあ！　欲しい反物あるんだ！　あれ買って着物あつらえるんだ」

巨体を整えて正座し直したジュノや童のように喜ぶコキリへ、御前は丁寧に金子《きんす》を渡していく。二人とももらったとたんに拝んだり飛び上がったりと騒がしいことこの上ない。

御前はそれを見て微笑むと、こちらへとやってきた。

「感九郎さんもずいぶん頑張りなさったようですから、色をつけさせていただきますよ」

慌てて感九郎も身を正す。

御前が婉然《えんぜん》と微笑みながら畳に金子を置いていったが、それを見て口がぽかんとあいた。

小判十枚、十両である。

感九郎が目を丸くしているとコキリが「メリヤスの工賃も入っている。ちょいと安いが勘弁しろ」と横から口を出した。

その額は「仕組み」の胡散《うさん》臭さを倍増させたが、家も仕える先も失った身としてはありがたい。

明日の寝床のあてがあるわけでもないし、糊口《ここう》もしのがなければいけない。受け取るのを断ろうとも考えたが、現実的に無理な話である。

忸怩《じくじ》たる思いで受け取った。

感九郎は目をパチクリとさせた。

自分はできるかぎり「正しく」生きてきたつもりだった。

もちろん、間違うことはあるにはあったが、それでも「正しさ」の範疇《はんちゅう》の中で生きてきたつもりである。

しかし、この「仕組み」は陽の当たる場所で行われるような類《たぐい》のものでないことは確かだ。

それを手伝い、高額の報酬まで受け取ってしまった今、感九郎は自分のことを「正しく」生きているとは到底思えなかった。

感九郎が金子を前に途方に暮れているとコキリが「冴《さ》えねえ面して、意外に機転はきくんだな。見せてやりたかったぜ、刺青丸出しだとわかったときの、天口の顔を。大成功だったんだよ。だから遠慮なく受け取りやがれ」と野卑な声を出し、鉄《てつ》鍋《なべ》に箸《はし》をのばした。鍋には焼き付けられた鴨肉に長葱《ながねぎ》が取りあわせてある。

ジュノは「元気がないな、クロウ。ひょっとして工賃が少なくて気落ちしてるのか？」と的外れな心配をしている。

感九郎は首を振った。

「そういうわけではないのです。『仕組み』で自分がやったことが『正しい』ことなのかどうなのか、不安なのです」

そう言うと、コキリは箸を止め、大きな目を見開いて舌を出した。せっかくの器量好《よ》しが台無しである。

「お前、お坊ちゃんかよ！　子供じゃねえんだから本当の『正しさ』なんて、世の中にはないことぐらいわかってろよ、馬鹿！　そんなもん立場と事情でいっくらでも変わるんだ。くだらねえこと言ってんな！」

そう言うと憂さを晴らすように鴨肉にかじりついた。

それを、まあまあ、ととりなしたジュノがさらに問うた。

「ところで、クロウはこの先どこか行くあてはあるのか？　見たところ、浪人というわけではなさそうだが」

「……凸橋家に仕えておりましたが……召し放たれまして……」

「クビかよ、おい！」

コキリはそう言って、愉快そうに笑っている。

ジュノが低い声を響かせた。

「何か事情があるのか」

感九郎は酒杯を置き、おし黙った。

訝《いぶか》しげな「仕組み」をしている二人に自分のことを話すのは「正しい」ことなのだろうか。

もとより、ほとんど口外していないことなのだ。

結局、仕え先以外で話をしたのは源太ひとりだけである。

躊躇《ちゅうちょ》していると、声をかけてきたのは意外にもコキリだった。

「話してみろよ」

顔を上げてみれば、酒杯を置いて真面目な顔をしている。

隣のジュノは微笑んでいる。

御前だけは知らぬ顔で悠然と酒を注いでいた。

「実は……」

話すことが「正しい」のかどうか自分でもわからぬうちに、口から言葉が出ていた。

そして、驚くことに、涙があふれ出てきた。

そこから先は言葉にならず、しばらく泣いた。

ジュノもコキリも何も言わなかった。

ただ、ゆっくりと、ゆっくりと時間だけが流れていた。

「いま思えば、聞き違いだったのかもしれないのです」

どれだけ時間がたっただろうか。

四半刻《しはんとき》くらい泣いていたのかもしれないし、ジュノが盃《さかずき》一杯の酒を飲む間だけだったのかもしれない。

感九郎はうつむいたまま喋《しゃべ》り始めていた。

「召し放ちや勘当の理由が聞き違いだったのかと思うと、情けないばかりですが、今となっては確認するすべもないのです。

元はといえば、友人と酒食をしたためた帰りに酔いが回ってしまい、川辺の風に当たっていたのが発端でした。

見れば、つくりの大きな屋形船が岸につないであり、誰も乗っていないのです。もう夜も更け始めていたので、これからこの船をつかうことはないだろうと決め込んで、足を踏み入れました。

普段はそのようなことをあまりしないのですが、酔いが回っていたのと、初夏の風が気持ちよかったのが重なり、心に遊びが出たのだと思います。

屋形の中に入るのはさすがに気が引けましたので、しばらく舳先《へさき》の方で腰を下ろしていましたが、揺れるのが気持ちよかったので端の方で横になりました。すこし肌寒さがでてきましたが、夜風をしのぐための大きな綿入れが何枚も置いてありましたから、いくつか失敬して頭から足までくるまると、塩梅《あんばい》が良くなりました。

そうしてそのまま眠ってしまったのです。

目を覚ました時には、屋形船は岸から離れているようでした。

普通なら、岸を離れる前に船頭が船の隅々を確認するはずですが、なぜかしら、眠った私を乗せたまま漕《こ》ぎ始めてしまったようなのです。

はっ、として身を起こそうとしてその理由がわかりました。

寝返りをうったのか、私は綿入れにくるまったまま船の端の溝にすっぽりと入り込んでしまっていたのです。

動こうとしても、ちょっとやそっとのことではびくともしません。

船頭に叱責《しっせき》されるのを覚悟で声を上げようとしたその時、屋形に乗っているらしい者の声が聞こえてきたので、あわてて耳をすませました。

——しかし久世よ、そんなことを長く続けていてもばれぬものかよ。町人も偽の薬を渡されてずっと騙《だま》されているほど馬鹿ではあるまい。それにその薬を卸す先の医者たちも気づくのではないか？

——大丈夫でござい……。わたしが直接みている旗本の皆様や名のある商家の方々にはきちんとした薬をお分けしております。そちらが効いておりますればいいようにでも……民たちには申し訳が立ちます。曰《いわ》く、日々の不養生。曰く、食べ物が下卑ているから。問題ありませぬ……町の医者たちにしても……

屋形の障子越しの上、綿入れにくるまって溝にはまっていましたから、耳をすませても聞こえが悪いのです。

かといって、音を立てれば見つかってしまいますからやたらと動くわけにもいかず、私は固唾《かたず》を呑《の》んでいました。
そうとは知らず屋形の中では話は続きます。
――町医者に卸す〈阿蘭丹《おらんたん》〉にもほんの時々、本物を混ぜておりまする。金のない者でも効く者が時々出れば、皆、納得するものでございます。そんなことより……様、本日も手土産の方をご用意させていただいて……
――お主も相当に悪いのう。医は仁術というが、久世森羅ほどの名医になると金を生み出す金術になるというわけか
――今後ともなにと……お願いいたします
――金術の利というわけか
――いえいえ、あくまで医術の恵みでございます
――ふははは……
これは大変なことを聞いた、と思いました。
一人が有名な医者の久世森羅であることはすぐにわかりました。
その久世が江戸の町人をだまして、偽の薬を売っているというのです。そうして、豪商や旗本には本物を渡しているというのです。

そのうちに時間は過ぎ、船が岸についたようでした。

船から人けがなくなった頃、私は難儀して溝から身を起こしました。

ちょうど日が出るところで、朝もやの中をふらふらと帰宅しました。

そのまますぐにお役目に出ましたが、船の中で聞いたことが気になって仕方がありませんでした。

迷ったすえ、帰りに親しい友人の瀬尾源太のところへ寄り、相談をしました。

源太は『仕組み』をやった料亭の玄関で私が話していたあの男です。

源太はこの奇妙な体験を、初めは驚きに口を開け、そのうちに腕組みをして考え込むようにして聞きました。

話が終わると、腕組みをしながらしばらく黙り『それは本当の話なのだな』と低い声で訊《き》いてきました。

うなずくと、この話は俺たちの手に余るから黙っておけ、と言われました。

源太に話した後は、気が楽になり、数日はなんということもなく過ごしました。

しかし、だんだんとあの屋形船で聞いた話を思い出し、いてもたってもいられなくなりました。

迷った挙げ句、家族に相談せず、お役目の上役である森山様に伝えることにしました。

私は父や兄とは仲が悪いのです。

凸橋家は将軍様の御三家のひとつ、この話を上の方々が聞き届けてくださったならば、良いようにしてくださるだろう、と思ったのです。

ところが、お調べののち、久世森羅にはそのような嫌疑なし、とされ、挙げ句の果てに私は召し放たれてしまいました。

その上、勘当され、途方に暮れているところに御前とジュノに出会ったというわけなのです」

自分語りをしている間、感九郎はずっとうつむいていた。

ジュノもコキリも口を挟むことはなかったが、話し終えてみると、どこか空気が妙だった。

ゆっくりと顔を上げると、ジュノとコキリが顔を見合わせている。

そのうちに二人して、こちらを向いたが、どうにも変な表情をしていた。

どうかしたのですか、と聞くとジュノは、自分の頭を何回か叩《たた》きながら、

「めぐりあわせというやつはおかしなものだ」

と、それしか言わない。

「まことは戯作《げさく》より奇なり、というやつだ」

　コキリもそう呟《つぶや》いた。

　感九郎がふたたび、どうしたのですか、と尋ねると、ジュノは酒をあおって座り直した。

「……いやな、今日、『仕組み』にかけた天口は、先に言った通り小間物問屋なのだが、最近になって幕府筋の者と繫《つな》がるようになったのは、奴の扱う南蛮渡来の薬がえらく売れているからなのだ」

　感九郎の背筋が、ぞくり、とした。

「その薬の名は〈阿蘭丹〉……しかも奴は偽の薬をまぜて町の医者たちに売り、大《おお》儲《もう》けしているのだ。その金は悪党どもの組織に流れ込んでいるようだが、天口を手下として裏で糸を引いている者の名は……久世森羅という医者だ」

　感九郎は目を見開いた。

　それでは、あの屋形船で聞いた話は、やはり本当だったのか。

　いや、それよりも、召し放ちや勘当を経て、めぐりめぐった末に、自分では知らずに久世の手下に「仕組み」をしかけていたとは、にわかには信じられない話である。

突然、ジュノが大きな掌《てのひら》で自分の膝《ひざ》を、ぽん、と打った。

「それでわかったぞ！　あの卍次とかいう天口の用心棒、クロウの名を知っていたのが、なぜかわからなかったのだ。きっと幕府筋から久世の野郎にお主のことが伝わったにちがいない。いや、奴らが手を回してお主が召し放ちになったのかもしれんな」

「そんな馬鹿な。悪いのは私ではなく久世森羅でしょう……お上がそんなこと……」

「けっ、ジュノの言うのも十分ありな話だ。お偉方も悪党も同じ穴の狢《むじな》だからな、やることがきたねえや。貴様も災難だったな」

コキリがしかめっ面をして毒づくのも聞こえていないかのように、感九郎は己の両手を眺めている。

ジュノが腕組みをして一唸《ひとうな》りした。

「……そうするとまずいぞ。お主の素性も面も割れたってことだ。あの用心棒、またお主のことを狙うぜ！　久世たちにとっては厄介者だからな」

「ほら、言ったじゃねえか。『仕組み』の前に面が割れるようなことをするなって」

「そんな……」

コキリが追い打ちをかけてくるのを聞いて、感九郎は顔を青くした。

それきり誰も何も言わず、ただ鴨の鍋《なべ》焼きが冷めていくだけである。

出し抜けに、ひとり静かに盃を傾けていた御前が口を開いた。

「感九郎さん、しばらくここに逗留《とうりゅう》しやしませんか？　寝る場所、食べるものがあれば困りゃしませんでしょうに。『仕組み』を手伝ってくれりゃあアタシらもありがたいばかりです」

いつも軽妙な御前が珍しく、何か悟ったような、それでいて決意したような表情でそう言うと、ジュノは掌をこぶしで打ち、こちらを向いた。

「そうした方が良いぞ。どうせそのうち、天口の件があったからには久世がらみの『仕組み』を請け負うことになる。お主も自分のめぐりあわせにケリをつけたいだろうし、なにより、根無し草のようにふらふらとしていては危険だぜ。ここにいた方がよい。それがしもコキリもいるし、他の住人もなかなか役に立つからな」

「お前、なに勝手に決めてんだよ。この青瓢簞《あおびょうたん》が命狙われるのをなんでオレらが守らなきゃいけねえんだ」

「『仕組み』を手伝わせたせいでクロウの寿命が短くなったのでは寝覚めが悪くて

かなわんぞ……なに、大丈夫だ。いざとなればこやつは凄《すご》いのだ。卍次を撃退したのはそれがしではなく、クロウだ」

「何だって⁉」

「違う違う。私は気を引いただけだ。ジュノが柔《やわら》をつかって投げなければどうにかされていた」

感九郎が慌てて否定するとジュノは首を振った。

「いや、お前が声をかけた途端、まるで卍次が何かの術にかかったように隙だらけになっていたからな……お主、いったいあの時、何を言ったのだ？」

感九郎は、ぐっ、と言葉に詰まってしまった。

はたして、自分の中の「穴」とそこに棲《す》まう白装束の「私」のことを話したとて、信じてもらえるのだろうか。

卍次の「影の糸」をほどいたことなど、とうてい話せるものではない。

感九郎が黙っていると、再び御前が口を開いた。

「話の腰を折って申し訳ありませんけれど、感九郎さんのご友人の方は大丈夫なんですかいね」

「友人？……源太ですか」

「あいあい。その源太さんにお話しされたんでしょう？　その悪党の医者のことを……狙われやしないんですか？」

そう言われて、感九郎は、ああ、と大きな声を出した。

確かに、先ほど料亭の玄関で源太と話をした時に、久世の名前を出している。

しかも、その時に卍次はじっとこちらを見ていたのだ。

源太の身が危ない。

一瞬にして不安に取り憑《つ》かれ、小太刀を手に取って立ち上がった。

「おい、クロウ、どうしようというのだ……あいたた」

つられて立ち上がろうとしたジュノが背中を丸めてうずくまる。

感九郎はそれも気にせず屋敷を飛び出した。

源太……源太よ、無事でいてくれ。

自分が話したせいで源太は殺されるかもしれない。

青黒い罪悪感の影に、身を染めてなお、感九郎は走りはじめた。

「おお！　感九郎か。どうしたのだ」

不安に息を切らせながら湯島《ゆしま》の瀬尾家屋敷へ駆け込むと、いつも通り源太が出てきた。

拍子抜けした感九郎は玄関先でへたりこむ。

「おいおい、なんだというのだ……まああがれ。ちょうど酒をやっていたところだ」

源太は感九郎の様子に呆《あき》れながら、手招きをした。

瀬尾家屋敷は家格に合った立派なつくりでえらく広い。

導かれるまま廊下をゆけば、独特の香が薄く漂っている。

その匂いが感九郎の記憶をくすぐり、寺での法事が脳裏をよぎった。

「白檀《びゃくだん》か」

感九郎は呟いた。源太の家で香道を嗜《たしな》むものなどいただろうか。

そんなことを思っていると、声をかけられた。

「客人がいるので、今日はこっちだ」

そのまま別の座敷に通されると、追って下男が感九郎の分の膳《ぜん》を持ってきた。

行灯《あんどん》の火が穏やかにともっている。

「ここに来たということは、お前、勘当が解けて生家に戻ったのか」

源太の住むこの屋敷と感九郎の生家は隣同士である。

今でこそ格は違うが、黒瀬家も「元」名門と父親がうるさいだけあり、家禄《かろく》は低いが屋敷は大きかった。

源太の問いに感九郎は物言わず首を振った。

「そうか……お母上は心配されていると思うが仕方ないな……まあ、ちくと呑《の》め」

藍染《あいぞめ》の着物を着流した源太はそう言って徳利を持ち上げたが、感九郎は盃《さかずき》も取らずにその顔を穴が開くほど眺めた。

「……お主が無事でよかった……」

そう呟《つぶや》くと妙な顔をされ、感九郎は迷った。

果たして「仕組み」のことを源太に話すべきなのだろうか。

さんざん逡巡《しゅんじゅん》した挙げ句、「理由《わけ》を聞かずにしばらく身を隠してくれ」とだけ言った。

すると、源太は「お前、本当に変だぞ」と声を硬くする。

こちらを見る表情も怪訝《けげん》である。

仕方なく「仕組み」については触れぬよう注意して話しはじめる。

「実は……久世森羅の件で襲われたのだ」

源太は目をむき、唾《つば》を飲み込んでから大声を上げた。

「なんだと！　大丈夫か！」

「この通り生きている。お主に久世の件を話したこともおそらく知られている。巻き込んでしまってすまない」

源太は、むう、と一つ唸《うな》ると、腕組みして中空を眺めている。

庭で蛙《かわず》が鳴いている。

しばらくすると源太が、まあ飲め、とまた徳利を持ち上げた。

仕方なく、酒を喉《のど》に流し込んだが味はわからない。

「心配するな。俺が狙われるとは限らないだろう」

「しかし、相手は相当な手練《てだ》れ……」

「知っての通り、俺は森護流道場で五本の指に入るといわれているのだぞ」

そう言って、源太は盃を干した。

らしからぬ荒い物言いで、そのあと見せた笑顔も硬い。

源太の剣術は確かなものだ。「身を隠せ」と言ったのがその矜持《きょうじ》を傷つけてしまったのかもしれぬ。

気が引けたが、卍次の剣の腕はえらく凄《すさ》まじく、源太が敵《かな》うかどうか感九郎にはわからない。

再三、身を隠すように伝えたものの、取りつく島もなかった。

その上、「ところで感九郎、家を出てからマオ殿とは会ったのか」と話題をそらされる始末である。

真魚《まお》は感九郎の許婚《いいなずけ》だ。

否、許婚だった。

勘当されたことが伝わって、破談になっているはずである。

はぐらかされたのはわかっていても、この話題だけは気になってつられてしまう。

「……会ってはいない」

「やはりそうか。いやな、一昨日《おととい》、道場までマオ殿がお前を捜しに来たのだ」

感九郎はがっくりと肩を落とした。

顔でもひっぱたきに来たにちがいない。

真魚は竹を割ったような性格である。

情こそ交わしてはいないものの旧知の仲であり、縁談の話が随分と進んでいた。

顔を叩《たた》かれても不思議ではないのだ。

源太はやはり硬い笑い方をして、再び盃に口をつけた。

「会わぬのか」

「……あわす顔がない」

「なぜだ」

「当たり前だろう。私はもう武家の者ではない。ただの素浪人になってしまった」

真魚の家は魚吉《うおよし》という江戸でも名の通った大きな魚問屋である。

石高《こくだか》が低いとはいえ武士だった感九郎と町人の娘との縁談について陰口を叩く者もいたが、裕福な商人が武家との姻戚《いんせき》関係を望むのは珍しい話ではない。

感九郎が黒瀬家の嫡男ではないのでなおさらである。

すっかり家禄が減ってしまったが元は名家である黒瀬家と、裕福だが町人である魚吉がこの縁談でつながることは、お互いにとって都合が良いのだろうと感九郎は考えていた。

しかし、自分が浪人になってしまった今、当然のごとく父は縁談をなかったものとしただろうし、魚吉にとってはそんな者に娘をやってもしようがない。

自分のしたことの影響でこうなってしまったのだから感九郎の方はまだよいが、真魚は一人振り回されただけである。

悪いことをした、と感九郎は思っている。

「肝心のマオ殿がお前に会いに来ていたのだ。破談にするにしろ会っておいた方が良い」

源太はそう言ってまた酒をあおった。

やはり、その物言いが硬い。

ここに至って、感九郎は源太の態度の理由がわかったような気がした。

直接、その胸の内を聞いたことはないが、源太が以前から真魚のことを好いているると感九郎は理解していた。

幼い頃から、感九郎が真魚と話していると源太がえらく不機嫌になるのである。

はじめはわけが分からなかったが、そのうちに理解するようになった。

婚儀が決まった時などは、もちろん祝いの言葉をくれたが、あまりに素っ気なく、形ばかりの祝辞を述べてすぐにぷいと何処かへ行ってしまった。

そういうことは他にも多々覚えがあるのだ。

結果、親友の感九郎と想い人の真魚が破談したことで、源太の心境は複雑怪奇に入り乱れてしまい、その気持ちを持て余してよそよそしくなっているのに違いない。

感九郎は、複雑な胸の内を隠すように酒を呑み、源太が持ち上げる盃に酒を注ごうとして気がついた。

影が触れ合っているのにもかかわらず、源太の心が流れ込んでこない。

考えてみれば、さきほど墨長屋敷での宴《うたげ》の時も、コキリやジュノの影と交差していたはずなのにその気持ちは流れ込んでこなかった。

不思議には思ったが、今はこの方が良い。

他人の気持ちがわからない方が良いこともある。

空を眺めると、すっかり雲のはれた夜空に、月が皓々《こうこう》と光っていた。

第七章　感九郎、にじりよられる

感九郎は夢を見た。

元服する前の十二、三ほどの齢《とし》になっている。

剣術道場の同輩数人で悪巧みをして、通り道の寺の住職が大事に作っている干し柿を全て食べてしまおうということになる。

感九郎は乗り気でない。

寺の者に見つからぬよう、境内の軒先に吊《つ》るされた柿を同輩が片端から食べ尽くすのを見ていると、えらく居心地が悪くなる。

身の内にある「穴」がざわついて居ても立ってもいられぬ気がしていると、寺男が「こら！」と怒鳴ってやってくる。

その途端、感九郎は目を回して倒れてしまう。

そこで目が覚めた。

寝衣は汗でびっしょりと濡《ぬ》れている。

実際にあったことが元となっているこの夢を、感九郎は久しぶりに見た。

他愛《たわい》もない子供の悪戯《いたずら》だが、この体験以来、叱られたり怒られたりすることよりも自分で自らを責めることが怖くなった。

思い返せば、その体験以来、「正しく生きる」ことを心がけるようになった気がする。

そうしている時は、少なくとも「穴」がざわつくことがないのである。

感九郎は頭《かぶり》を振って起き上がると、障子を開けた。

すっかり陽が上っている。

感九郎はひとまず着替え、編み針を取り出すと糸をたぐり始めた。

「仕組み」を終えてからのこの四日ほどは、何をするでもなく過ごしていた。

コキリはひたすらに食っては眠りしていたし、ジュノは動くと背中が痛むらしく、ごろごろと横になっているだけだった。

感九郎はといえば、ときどきジュノに頼まれて背中に膏薬《こうやく》を貼ったり、飯を食べに起きて来たコキリの毒舌を浴びたりするほかは、メリヤスを編むばかりである。

おかげで内職はいくつもこなせたが、不思議なことはぱったりと起こらなくなった。

卍次と戦って以来、白装束の「私」に会ったりなどできなくなってしまったのだ。

あれは夢だったのかも知れぬ、とも思ったが、流れこんできた卍次の心に棲《す》まう「お宮」という女は本当にいたようであったし、それで命拾いをしたのは紛れもない事実だった。

今日も先ほど起きてから、水を飲むことさえ忘れるほどにメリヤスを編むのに没頭していたが、ただ手袋ができあがっていくだけである。

感九郎が一息つこうと編み針を畳に置き、体を伸ばしていると襖《ふすま》が開いてジュノが「ちょいと来てくれ」と呼びに来た。

珍しく神妙な顔をしている。

一緒に居間に行くとコキリが座っていて、こちらも、ぴりっ、と表情が締まっていた。

ジュノがその隣に腰を下ろすと、向かいにいる御前が微笑む。

「お呼び立てして申し訳ございやせん。『仕組み』の依頼でやす」

あわててジュノたちの並びに座ると、御前が話を続けた。

「今度の『仕組み』……標的は蘭方医、久世森羅でありんす」

感九郎が息を呑《の》む。部屋の空気もさらに引き締まった。

「思ったより早えな」

コキリが呟《つぶや》くと御前もジュノもうなずいた。

「アタシもそう存じやすが、依頼人いわく、久世が幕府内へ伝手《つて》を作る準備を重ねている今が好機とのこと。皆様もこないだの『仕組み』の疲れが抜けてないうちで申し訳ないでやすが、久世の悪事を暴くために、一肌ぬいでいただきたいと……感九郎さん、またお手をお貸しいただけやすか？」

御前の突然の名指しに、感九郎は動揺しながらも頷《うなず》いた。

「では小霧さん、いつもどおり『仕組み』の筋はお願いしやす。依頼人の言うことには十日後に『仕組み』をしてもらいたいとのこと」

「もうすぐじゃねえか！　今日明日にでも筋書きをたてて準備をはじめねえといけねえ」

「その日、久世森羅が下野総徳《しもつけふさのり》という旗本を招いて茶会を開きやす。下野は凸橋家の長老格でその上は凸橋家のお殿様。つまりは将軍様でございやすからこのつなぎがつくと大変なことになりやす」

「その茶会を前回みたいにぶち壊せばよいのですかのう」

ジュノの問いに御前が首を横に振る。

「今回はそういうわけにゃあいきやせん。この間の『仕組み』はうまくいきやした。天口が幕府とつながろうとする企《たくら》みは見事に失敗したんでやす。武家の間で天口の信用は落ち、失脚しました……が、残念なことに久世にとっては痛くも痒《かゆ》くもねえ話でやした。〈阿蘭丹〉を取り扱って町医者に卸す役目はもう別の者に代わってやす。結局、時間稼ぎにしかなりやせん……だから今回は久世の悪事そのものを討ちやす」

ジュノがみじろぎをして「そいつは豪気だ」と呟くと、コキリは目を細めた。

「悪事の証拠があるってことか」

「その通りでやす。〈阿蘭丹〉の名でまがい物を売っている証拠の帳面がとある蔵にしまってあることを依頼人の筋の者が嗅《か》ぎつけやした。それを奪いやす」

「ちょっと待て、御前。オレは湯に浸《つ》かってくる。話はそれからだ」

コキリは立ち上がって手拭《てぬぐ》い一つ摑《つか》むと表へ飛び出していった。

感九郎が言葉を失っていると、ジュノがのびをして茶を淹《い》れはじめる。

「あいつはここ一番という時は風呂《ふろ》に行くのだ。頭を働かすのに必要なんだと。普段は何日も入らないのだが」

「私はどうすれば良いでしょうか。何か準備の手伝いでもあればできることはしますが」

「なあに、あいつが筋書きをたてねば話が始まらぬのだ。それまでやることはない」

ジュノがのんびりとした口調でそう言うのに御前も言葉を続けた。

「感九郎さんは英気を養ってくだしゃんせ」

「はあ……それで良いのですか？」

「居ること自体が大事ということがあるんでやすよ」

「？」

困惑していると、御前は「世の中というものはてめえ自身が思っているより単純で、それでいて玄妙なものでありんす」と言って、茶をすすった。

結局、それ以上の話もなかったので編みあげた手袋を風呂敷で包み、外に出ることにした。

「黒瀬様の編むメリヤスは丁寧な作りだから人気がある」

神田《かんだ》近くに居を構える内職の元締めはそう言って、感九郎の手にいつもの倍近い工賃をのせた。

「人気があれば高く売れる。高く売れれば格上のものが買う。そうするとまた人気が出る……黒瀬様のメリヤスを気に入った人からの指名で、紐《ひも》を組んで刀の下緒《さげお》も作ってほしいとのこと。できますかな？」

「ありがたいのですが……組紐の道具は持ちあわせてないのです」

「丸台ならございますよ。お貸しできます」

「それは助かる。好きに作って良いのですか」

「色はこちらでお願いします。あとは黒瀬様のお好きなようにとのこと。賃料をはずんでくれるお方ですよ」

風呂敷に包まれた丸台と綺麗《きれい》な藍《あい》や紅に染まった糸を受け取り、頭を下げて立ち去ろうとすると、元締めの女将《おかみ》さんが見送りに出てきた。

「うちの人、黒瀬様のメリヤスがよほど気に入ったのだと思います。あんなに喋《しゃべ》るのみたことない」

と笑ったのでまた一つ頭を下げ、歩き始めた。

見上げれば初夏の空、雲ひとつなく気持ち良い。

元締めにもらった工賃は「仕組み」の報酬に比べれば雀の涙であるが、しっかりと重みを感じる。

感九郎は巾着《きんちゃく》をぽんと一つ叩《たた》き、笑みを浮かべた。

心地よさにまかせて歩いているうちに腰の重さが気になった。

見れば腰に大小の刀が二本差さっている。出がけに以前の癖が出てしまったらしい。

おまけに御前からもらった羽織を着ているので、見た目はすっかり武家の者である。浪人になった感九郎がしてはならぬ身なりだ。

これはいけないな、と首筋をかいてふと気づいた。

ついこの間まで、公儀の言いつけに背くなどしていたら居た堪《たま》れない気持ちになったはずである。

それがどうだろう、太々《ふてぶて》しいとまではゆかぬが随分と心の余裕が出てきたようである。

この数日、ジュノやコキリといるせいなのだろうか。

朱に交われば赤くなる。

感九郎はひとつ首を振った。

そのまま川沿いまで出てしばらく、茶でも飲もうかと見回せば大店《おおだな》のならぶ日本《にほん》橋界隈《ばしかいわい》。処は魚河岸《うおがし》の近く、真魚の家の近所である。

あわてて踵《きびす》を返そうとしたとき、女の声があたりに響いた。

「悪いのはあなたの方です」

澄んだ声音に、雲ひとつない青空がさらに冴《さ》え渡る。

感九郎は眉間《みけん》にしわを寄せながら振り返った。

佇《たたず》まい、凜々《りんりん》として毅然《きぜん》。

風格、義血ありかつ自若。

屋号を染め抜いた印半纏《しるしばんてん》を小粋《こいき》に羽織り、綺麗に藍染された長股引《ももひき》をきっちりと穿《は》きこなす、芯《しん》の通った立ち姿。

天秤棒《てんびんぼう》を傍に、腰に手を当て仁王立ちする女だてらの魚売り。

顔を見ずともわかるその声の主は誰あろう感九郎の元許婚《いいなずけ》、真魚である。

「弱いものいじめをするのはおやめなさい！」

真魚がよく響く声で追い討ちをかけるその相手は、この界隈では誰もが知る、蔵《ぞう》六《ろく》という御用聞きである。

格子縞《こうしじま》の法被を肩に引っ掛け、斜《はす》に構えたその姿は傲岸不遜《ごうがんふそん》ではあるが、やはりそこは名の知れた岡っ引。凄《すご》みの利いた圧力はそんじょそこらの八九三《やくざ》者の比ではない。

その隣では、「茶飯」と書かれた物売り箱を脇にして、ほとほと困った様子で老人が恐縮している。

往来は水を打ったように静まり返っていた。

「おめえさん、『魚吉』のところの〈お嬢〉だろう」

蔵六が喋るたび、背の低い、太りじしの体が揺れて分厚い唇がめくれあがる。

『魚吉』の旦那《だんな》さんには良くしてもらっているがな……邪魔しなさんな。これも俺らのお役目の内だ」

「困っているご老体から金をむしり取るのがお役目というのですか？」

痩《や》せているにもかかわらず、真魚の言葉に迫力があるのは、魚の振り売りで鍛えられた体から発せられるからだろうか。

蔵六の唇がさらにめくれ上がる。

「聞こえのよくねえことをいっちゃあいけねえよ、お嬢。俺らのおかげで悪党どもは静かにしてるんだ。俺ら抜きでこの爺《じじ》いみたいな商いをしてみろ、三日ともたねえぞ」

「どう見てもあなたが悪党だと言ってるんです！」

「なにおう、日本橋に棲《す》みながらこの蔵六にあやつけようってのか！　女だと思ってりゃつけあがりやがって！」

「女とか男とか関係ないでしょう！　悪いものは悪いのです！」

真魚の垂れ気味の目が見開かれ、蔵六の睨《にら》みの利いた眼力と火花を散らすのへ、感九郎はあわてて駆け寄った。

「真魚殿、どうしたのだ」

「ああ！　感九郎さま、良いところにいらっしゃいました！　この御用聞きが慈平《じへい》から金を巻き上げようとしているのです」

「人聞きの悪いこと言ってんじゃねえよ！　俺ら御用聞きがこのあたりのみかじめをしてるから商いができるってんだ。そういうお役目に場所代払うってのは当たり前のことだぜ」

「その金子が今日はないと慈平は言っているのです！　無理やり脅して奪うのなら盗賊と一緒です！」

茶飯売りの老人が恐縮するのを見て感九郎は、待て待て、と声を潜めた。

「御用聞きにはそういうことがあるのだぞ。真魚の言うことは正しいがそんな言い方では向こうも立つ瀬がない。それに騒ぎが大きくなればご老体の体裁も悪くなる」

「そんなことはわかっています！　しかし悪いものは悪いのです！」

真魚はこちらを一瞥《いちべつ》もせず、蔵六と向き合っている。

増えゆく野次馬に取り囲まれる中、感九郎は息をついた。

「蔵六といいましたね。このご老体から場所代をとるのは少しも待てないのですか」

蔵六は面倒そうに睨みつけてきたが感九郎の腰の刀を見ると、慇懃《いんぎん》に頭を下げた。

「……この爺いはもうふた月も払ってないもんですから……」

「その分は支払ったと言っているでしょう！」

「うるせえぞ、お嬢。いまはこのお武家さまと話してるんだ！　それに、払いが遅くなりゃ利息がつくのは世のならいじゃねえか。利子とらねえ金貸しはこの世にゃいねえぞ！」

「あなたは金貸しではなく御用聞きでしょう！」

待て待て待て、と慌てて感九郎はまた割って入った。

「……いくらなのですか、その場所代は」

「感九郎さま、何をするつもりですか！」

いきりたつ真魚に微笑んで首を振る。

そのまま蔵六に答えをうながすと、鼻を鳴らして言う額はそれほど高くなく、先ほど手に入れたメリヤス工賃の四半分もない。

感九郎は巾着から銭を出した。

「これであがなえますか」

「……へえ、少し多いようですが」

「よいのです。かわりにこのご老体を気にかけてやってくれませんか」

蔵六は横柄に頭を下げ、「見せ物じゃねえんだ、散れ散れ」と息巻きながらそそくさと野次馬をかき分けていった。

真魚が大きく息を吸い込むのに感九郎が首を竦《すく》めると、茶飯売りの老人がねじり鉢巻をした白髪頭を下げた。

「……あいすいません……。かくなる上は少しずつでもお返ししますのでご勘弁を……」

「どうぞ頭を上げてください……ご老体は茶飯をあきなっているのですか」

「へえ、日によって変わりますが今日は豆腐の茶飯でございます」

「豆腐の茶飯……では一杯馳走《ちそう》してください。それでかわりにしましょう」

「いやいや、お武家様、一杯で三十文もしねえのです。それじゃ割りに合いませんや」

するると、真魚が横から顔を出した。

「慈平、わたしにも茶飯をお願い。もちろんこの感九郎さまのおごりで。あと、これからひと月のあいだ、感九郎さまとわたしが顔を出した時にはご馳走してください。それでよいですね」

すると老人の顔が、ぱあっ、と輝き「合点でさ」と飯の支度をしはじめた。

真魚が川沿いの岩を指差すので、そこへ二人で座った。

感九郎の顔の横に、笄《こうがい》で丸くまとめられた真魚の髪が並ぶ。

「あの慈平は元漁師です。わたしの小さい頃から魚吉に出入りしているのでよく知っているのです。根っからの律儀者で、こうでもしないと後で感九郎さまに申し訳ないと寝込んでしまいます。何回か茶飯を食べにきてあげてください。できればひと月たった後も。慈平は娘の体が弱く、お医者代がかかるのです。それで場所代もなかなか払えずに蔵六に意地悪をされているのです」

感九郎がうなずくと、真魚はこちらを向いて改めて大きく息を吸った。

「それより、感九郎さま。なんですか先ほどの振る舞いは。蔵六などに金を払うことなどないのです」

真魚の厳しい声音に、感九郎は頬を掻《か》いた。

「しかし、真魚。御用聞きも場所代をとらねばやっていけぬのだ。同心からもらう心付けだけではいかんともしがたい」

「お上は御用聞きが場所代を取るのを禁じているではありませんか！」

それはそうである。感九郎は言葉に詰まってしまった。

「感九郎さまはいつもそうだ。『正しく生きる』とか言って、場をおさめるためにいつも自分が損をする。そんなのはおかしいです」

感九郎は首をすくめた。

何年も前に、真魚と二人で馴《な》染《じ》みの蕎《そ》麦《ば》屋に入った時のことを言っているのであろう。

鳶《とび》職人と蕎麦屋が代金を払う払わないで揉《も》めているのに出くわしたことがあった。

蕎麦屋が「天ぷらそばを出したら何も言わずに食ったじゃねえか」と言うと、鳶は鳶で二十歳そこそこの荒っぽい盛り。「俺は間違ったこたぁしてねえ。かけ頼んで天ぷらが出てきた日にゃ『よく来てる客だからまけてやる』ってえことに違いねえと思って食うだろうが。自分で間違《まちげ》えて客に出しておいて余計に金取るのは盗人《ぬすっと》と変わらねえじゃねえか！　ええ？　ここは盗人蕎麦屋か！」と顔を真っ赤にしている。

本来ならば客商売をやっている蕎麦屋が折れて場を丸く収めても良いのだが、頑固で有名な親父で「うちに蕎麦食いに来てその言いぐさはなんだ！　金がねえなら仕方がねえが、あるのに払わねえのは江戸っ子の風上にもおけねえ！　こうなったら店から一歩たりとも出しやしねえから覚悟しやがれ」と店の出口で座り込む始末。

座敷に上がった感九郎の袖《そで》を真魚がくい、と引いた。

そんな小競り合い、意地の張り合いは江戸八百八町のそこここで見るじゃれあいのようなもの、相手にせず別の店に行こうというわけだが、しばらく喧嘩《けんか》の成り行きをうかがっていた感九郎が「それでは私が天ぷら代を払いましょう」と言い出した。

途端に鳶も蕎麦屋も鳩が豆鉄砲を食ったような顔をした。

これが顔の知れたご隠居の爺様《じいさま》だとか、見るからに大身の旗本だとかであれば良かったのかも知れぬが、若輩者の感九郎が言い出すのには無理がある。

が、感九郎とて二本差しの侍であるから無下にもできぬ。蕎麦屋は唇を尖《とが》らせながら感九郎から金を受け取り、鳶は怒りの落とし所を失って妙ちきりんな顔でかけそばの代金を投げるように置いて出ていった。

「あの時だって感九郎さまがお金を払うことなどなかったのです。蕎麦屋の方も客の方もおかしいのです。喧嘩したいんですからさせておけばいいのです」

「しかし……おかげで私も真魚も美味《うま》い蕎麦を食べられた」

「蕎麦なぞ他の店に行けばいいのです！　あの店は確かに味は良いですが、おかげで感九郎さまは手持ちがなくなってかけそばを食べていたじゃないですか！」

「真魚は天ぷらを食べられたからよいではないか」

「わたしが頂いたのはあられ蕎麦です！」

よく覚えているな、と感九郎は感心した。

「とにかく感九郎さまが自分のことを後回しにするのはいけません」

「しかし、あれくらいのことで場がおさまるなら安いものだ。鳶職人にとっても蕎麦屋にとっても喧嘩してても仕方がないだろう。他の客にも迷惑だ。大岡《おおおか》裁きの『三方一両損』という話もあるじゃあないか」

「『三方』じゃなくって感九郎さましか損をしてません！　鳶も蕎麦屋も可哀想ですよ。あそこで感九郎さまがお金払っちゃったら意地も見栄《みえ》も張れやしない。いいことなどなにもないのです！」

怒りの矛先が感九郎に向き始め、真魚の目が吊《つ》り上がり始めたその時、頃合いよく慈平が茶飯を持ってきたので、これ幸いと丼《どんぶり》をうけとると、その珍妙な見かけに驚いた。

大振りの茶碗《ちゃわん》に飯が盛られ、その上に茶色に染まった大きな豆腐が鎮座している。

「下世話な味ですが食ってくんなせえ」

慈平はそう言って、他の客の相手をしに戻って行った。

丼飯を眺めていると、真魚に「温かいうちに食べた方が美味《おい》しいのです」と言われたので、豆腐を口に運んだ。

「むう……」

思わず唸《うな》る。

固めの木綿豆腐は煮込まれていて、茶色のたれがよく染みていた。そのたれもただの醬油《しょうゆ》ではなく、旨《うま》みにあふれていて豆の風味を引き立てている。

茶飯もたいしたものだった。豆腐と同じたれを使って炊き込んでいるのだろうか。長葱《ながねぎ》や油揚げ、そして生姜《しょうが》が混ぜてあり、それがまた香ばしく、豆腐と交互に口にすると止まらない旨さである。

夢中で食べ続けていると慈平がまたやってきて「口には合いますかい」と聞いてきた。

「……口に合うどころではない。これは旨い……」

「慈平のつくるものはみなおいしいのです。舌がよいのです」

「あっしの舌がいいかどうかは知りませんが、長年とりたての魚を食ってきましたから、そういう意味ではおごっていますんで」

「豆腐も素晴らしいし、下の飯がまた旨い……胡麻《ごま》の香りがする」

「お武家さまこそ舌がいい。混ぜ込んである油揚げをいっとうのごま油でこしらえてもらってるんで……」

「このたれの出汁《だし》もよいのですよ。慈平が魚のあらをきれいにして焼きしめたものを生姜と合わせ、その旨みを醬油にうつしているのです……律儀な慈平にしかできない丁寧な仕事です」

「お嬢に褒められたら鼻ァ高ェなあ。帰ったら娘に自慢してやりやしょう」

「おきよさんはお元気ですか」

「寝たり起きたりだけれど……お医者さまからいただいているお薬のおかげでなんとかなっております」

「薬をもらっているのですか」

「へえ、なんでも南蛮渡来のありがてえ薬だそうで……〈阿蘭丹〉とかいう……」

「む！……」

感九郎は咳《せ》き込んだ。

どうしたのですか、と聞く真魚に首を振り、胸を叩《たた》いてごまかす。

まさかここで〈阿蘭丹〉の名が出るとは思わなかった。

「……その薬は効くのですか？」

感九郎の問いに慈平は腕を組んで、むう、とうなった。

「……効きますな……てえいっても娘の調子もありますから効いたり効かなかったりでさあ。はじめてもらったときはたすかったのです。娘は咳《せき》がひどくて、眠ることもできねえくらい苦しんでたんですが、〈阿蘭丹〉のおかげでいっぱつで眠れた。あのときゃよく寝たな、おきよのやつ。それっからはそんなこともねえんですがね、一度あれだけ効いたんじゃあ、いいお薬にちがいありやせんから、服《の》ませてやすよ。あっしもおきよもあの薬のおかげで心持ちが楽になりやす。高ぇですけどね、ありがてえから……蔵六の旦那《だんな》に場所代も払えず、申し訳ねえとは思ってやすが」

「そのようなもの、払うことはないのです！」

「お嬢、蔵六の旦那は柄は悪いが、もともとはあっしらによくしてくれてたんでさあ……が、どうもこのふた月み月、虫の居所が悪いらしく、やたらとおっかねえんで。前は『場所代など払える時でかまやしねえ』なんてきっぷのいいこと言ってたんですがね」

「本性をあらわしただけです！」

「……あっしは頑張って稼げるだけ稼ぐだけでさあ」

慈平が戻っていっても、感九郎は膝《ひざ》の上に丼を置いて黙っていた。

真魚が怪訝《けげん》な表情で顔をのぞき込んでくる。

「どうしたのですか？」

「ん……ああ……いや……」

「ところで感九郎さま。召し放ちにあわれたとうかがいましたが、もう仕官されたのですね」

真魚は団子髪を振って、愛嬌《あいきょう》いっぱいの顔を輝かせている。

感九郎は額をおさえた。

紋付羽織に二本差しでは誤解されてもやむを得ない。

「これはつい間違えて……」

「とても立派な仕立てではないですか。御家紋はいささか珍しいですが」

御前からもらったこの羽織の紋は、いびつな線でぐるぐると渦巻きが描かれているだけの珍妙なものである。

「この羽織はもらったのだ」

「紋付をいただいたというのは、その家に仕官したということでしょう」

「いや……違うのだ。これは本当にもらっただけで、仕官したということではない」

「そうなのですか」

うなずくと、真魚はまた怪訝な表情をうかべる。

「いまどこに寝泊りされているのですか」

「む……いま、ある屋敷……いや、あるところで逗留《とうりゅう》している」

「なぜうちに来ないのですか！」

「召し放たれただけではない。勘当されたのだぞ」

「もちろん知っております。黒瀬家から使いの者が来ました」

「……真魚には悪いことをした」

「なぜ謝るのですか？」

「私はもう武家ではなくなってしまった」

「だから何だというのですか？」

「もう夫婦《めおと》にはなれないのだ」

「どうしてですか！……夫婦になれないなどと……あ、さては気落ちされて腎虚《じんきょ》にでもなりましたか！」

真魚は立ち上がって大声を上げた。

「それは大変！　でもご安心ください。腎虚など恐れるに足りません！　三代前の公方《くぼう》さまはオットセイと生姜をお召しになって、子をたくさんなしたとききます。生姜はさきほどの茶飯に入ってましたから後はオットセイです！　殿方にはオットセイが一番です……いけない！　魚吉といえどもさすがにオットセイは扱っていないのです。どうしましょう！」

「おい、真魚！」

感九郎も慌てて立ち上がる。

昼日中の日本橋で、腎虚だのオットセイだのと大声をあげるのはいただけない。

往来をいく者が皆こちらを見ている。

真魚の両肩をおさえて声を潜めた。

「腎虚ではない……黒瀬家から使いが来ただろう」

「来ました。黒瀬家は婚儀を取りやめにしたいと」

「……そうだろう。だから」

「だから、何ですか。それは黒瀬家のご都合でしょう。わたしも父も気持ちは変えておりません。母などは感九郎さまがうちにいらっしゃるものと決めて、すぐに部屋を用意し始めたほどです。なぜいらしてくださらなかったのですか」

「……お主、正気か？」

「なぜそんなことおっしゃるのですか？」

「武家でない私を婿に迎えても、真魚殿にとっても魚吉にとっても意味がないだろう」

とたん、真魚に頰を引っぱたかれた。

見事な音が響きわたり、道ゆく者がまた全員こちらを見る。

「なにをするのだ」

そう言い終える前にふたたび逆側の頰を引っぱたかれる。

「見損なわないでください！　感九郎さまがお武家さまであったらそれはそれで素晴らしいことですが、肩書きと夫婦になるわけではございません。父も母も裃《かみしも》が好きなわけではございませんよ。わたしも父母も感九郎さまのことを好きなのです！」

「しかし……」

「しかしもかかしもありません！　感九郎さまこそ正気なのですか。そのようなことをおっしゃっているから人に軽んじられるのです。わたしが感九郎さまのお人柄を見込んだのです。もっとご自分のことをお認めになってくださいませ！」

「しかし武家と姻戚《いんせき》に……」

「まだおっしゃいますか！　わたしには弟も妹もおりますから、そのようなことはどうにでもなります！　それより、うちにいらしてください。父母も喜びます！」

感九郎は眉根《まゆね》を寄せた。

いまは卍次をはじめ、久世森羅の手の者に狙われる身である。

魚吉に逗留することになったら真魚やその父母に危険が及ぶかも知れぬ。

「残念ながらそれはできないのだ」

「なぜなのですか」

「いま身を寄せているところで、仕事を頼まれていてな、それをこなすまでは移動することがかなわないのだ」

とっさにそのように口走ったが、あながち嘘ではない。

とうてい言えたものではないが「仕組み」を手伝っているのは本当である。

一方、真魚は不満を顔にあらわしてはばからない。

と、そこへ、低い声が心地よく響きわたった。

「なんだ、クロウではないか」

声のする方を仰いで見れば、奇妙な髷《まげ》に派手な顔。巨軀《きょく》に着流した長着に走る紅《あか》い縦縞《たてじま》。

まがうことなきジュノである。

「お主、こんなところで何をしているんだ」

「ジュノこそ」

「ここしばらく寝込んでおったから、身体ならしのついでに買い物だ。久方ぶりに長寿庵で蕎麦《そば》をたぐりたくなったしな……おや、そちらは？」

感九郎は額に手を当てた。これは塩梅《あんばい》が悪い。

そうこうしているうちに真魚が間に入ってくる。

「感九郎さま、こちらの方は？」

「……いま世話になっている屋敷の者だ」

「まあ、それはお世話になっております。お初にお目にかかります。わたくし、感九郎さまの許婚《いいなずけ》の真魚と申します。以降、お見知りおきをお願いいたします」

「おお。それがしは能代寿之丞と申す者。お近づきの印にこちらを」

ジュノが大きな手を翻すと、次の瞬間、あたかも空中からとりだしたかのように桜色の花がその指先につままれていた。

真魚は驚き、それを手にして「わあ、紙でできてる！」などと子供のように喜んでいる。

ジュノは大袈裟《おおげさ》に驚いたような表情を浮かべて顔を近づけてきた。

「クロウ、こんな綺麗《きれい》な許婚がいたのか。お主も隅におけんのう」

「正しくは元許婚なのです」

「もう、感九郎さま。そのようなことをまだ言うのですか」

「召し放たれたうえ、勘当もされた。先行きのわからぬまま真魚と一緒になるのが良いことなのかどうかわからないのだ」

「先行きなどなんとでもなります。うちにきて兄と店を守《も》り立ててくださってもよいではないですか」

「そうだぞ、クロウ。マオ殿の言う通りだ。先行きなどどうにでもなる。それがしを見習うといい」

「あら、ジュノさんはわたしの味方なんですね」

「何だかよくわかりかねるが、面白いですからのう」

感九郎は頭を抱えた。

「……ジュノ、お主は何か買い物があったのじゃないのか」

「そうなのだ。どうせならうまい酒とうまい肴《さかな》を手に入れてやろうと思っているうちに、ついこんなところまで足をのばしてしまってな……せっかく日本橋まできたのだ。とれたての魚でも買って帰ろうかと思っている」

「魚ですか。それならぜひうちへ！」

「おお、マオ殿の家は魚屋ですか。どうりで棒手《ぼて》振りの格好が板についている。ではそうさせていただきますかな」

ジュノはそう言うと、天秤棒《てんびんぼう》を担いだ真魚と早足で魚吉の方へ行ってしまった。

残された感九郎は呆然《ぼうぜん》とするばかりである。

茶飯の丼《どんぶり》を取りに来た慈平が「お武家さまのために精のつくものを用意しておきますんで」と頭を下げたが、何のことを言われているのかわからない。

少しして、ああ、腎虚《じんきょ》のことか、と思い当たり訂正しかけたが、それどころではない。

このままでは真魚が墨長屋敷にやってくる。

そうなると久世森羅の一件に巻き込んでしまいかねない。

感九郎は急いで後を追った。

真魚の家が商う魚吉は河岸とは別に帳場のある店を構えているが、そのつくりが他とは違う。大きさもさることながら、茶の湯に造詣《ぞうけい》の深い主人の好みが微に入り細を穿《うが》っていて、魚問屋とは思えぬ趣の佇《たたず》まいになっている。

感九郎が着いたときには、ちょうどジュノと真魚が店に入るところである。

置き去りにされた感九郎が暖簾《のれん》の前で躊躇《ちゅうちょ》していると、真魚の母のお葉《よう》が表に出てきて大声を上げた。

「感九郎様、おはいりください、どうぞどうぞ！」

真魚の母はそのまま感九郎を土間に連れて行き、小上がりに座らせると頭を下げた。

愛嬌《あいきょう》のある顔に人の好《よ》さそうな笑みを浮かべているのはいつものことである。

「久方ぶりでございます」

「……ご無沙汰《ぶさた》しております。このたびは申し訳なく。浪人になってしまいました……」

「うかがっておりますよ。大変な思いをされましたね。今日はご友人の方と一緒にいらしてくださったとのこと、とても嬉《うれ》しゅうございます……ああ、真魚、どこへ行くのですか」

「着替えてきます。感九郎さまと寿之丞様に一服召し上がっていただこうかと」

「それは良いですね」

感九郎が肩身の狭い思いをする間も無く、物事が進んでいる。

ジュノは「いやいやマオ殿、お手数をかけますのう」などと言いながらちゃっかりと感九郎の隣に座っている。

そこへ奥から騒がしい足音が聞こえてくると、漆黒の十徳と袴《はかま》を着込んだ、魚問屋というよりも茶人然とした風体の男が現れた。

痩《や》せた長身に人懐こい笑みを浮かべるのは真魚の父、魚吉与次郎《よじろう》である。

こちらを見て「おお」と声をあげるのを真魚が引き止めて何事か耳打ちすると、そのうちに目を見開いて駆けんばかりの早足で近づいてきた。

「感九郎様、お久しぶりです。わかる！　わかりますぞ！　感九郎様がつらい気持ちは！　しばらく真魚の茶でも飲んでいてくれませい……おい、ちょっと河岸まで一走りいくぞ、誰かついてこい」

叫ぶようにそう言うと、店の小僧と一緒に飛び出してしまった。

その有り様に感九郎がぽかんとしていると、真魚が桜色の小紋に着替えてやってくる。

それまで鼻唄を歌っていたジュノが声を上げる。

「マオ殿は振り売り姿も粋《いき》だったが着物姿も艶《あで》やかですのう」

「先ほど寿之丞様からいただいた花の色に合わせてみました……あれ、お父様《とっさん》はどうされたの？」

「それが何を思ったのか、河岸に行ってくるって飛び出していきましたよ。感九郎様がいらっしゃるというのにねえ」

「まったくもう！　お父様なんか魚と暮らせばいいのよ。さあ、感九郎さま、寿之丞様、こちらの茶室にいらしてくださいませ」

戸惑ったまま ついていくと、真魚は風炉《ふろ》の前に陣取り、茶道具の支度を始めた。

「寿之丞様は薄茶はお好きですか？」

「薄茶でも濃茶でもなんでもござれ」

「あら、よかった」

そこへお葉が菓子を持ってきて、そのままジュノの隣に座った。

真魚は茶を点《た》てるのがうまい。

千利休《せんのりきゅう》の生家が大きな魚問屋だったのにあやかり、魚吉一家は茶人の手ほどきを受けているのだ。

すっ、と軸が通った座り姿で、いつものように柄杓《ひしゃく》を操る真魚を見ていると干菓子の盆をまわされたので落雁《らくがん》を懐紙に取る。

口に含むときな粉の風味と甘さがなんとも味わい深く、ちょうど食べ終えた頃に薄茶が差し出された。

飲めば、まったりとした旨みが口の中に溢《あふ》れんばかりである。

「真魚殿は茶の腕が本当に良いな。他で飲むと苦いばかりだぞ」

「茶は腕ではございませんよ」

真魚がそう言いながらもう一杯茶を点てはじめる。

ジュノも慣れた手つきで干菓子を取っていたが、よく見るとずいぶん多い。

それを全部たいらげて茶も飲み干したジュノが「うまいのう」と呟《つぶや》くと真魚は嬉しそうに笑った。

「ありがとうございます。寿之丞様は茶の湯をたしなまれているご様子ですね」

「……いやいや、呼ばれることはたくさんあれど我流に過ぎぬ」

「感九郎さまとはどのようにお知り合いになったのですか？」

「仕事の手伝いを頼んでいるのだ。クロウの編む手袋は素晴らしい出来でな」

「メリヤス編むのがお上手ですものね」

ジュノが「仕組み」の話を出しやしないかと冷や冷やしているうちに、お葉の分の茶が点てられ、畳に置かれた。

するると、廊下の方から騒がしい足音が聞こえて襖《ふすま》が、すっ、と開いた。

「感九郎様！　おまたせしましたぞ」

「お父様。騒々しい！……なぜ河岸へなど行かれたのですか。始めてしまいましたよ」

「すまんすまん。いや、お持ち帰りいただくものを取りに行っていたのだ。もう昼過ぎだから良いものはないが、その中でも感九郎様のために旨いものを儂《わし》が選ぼうと思ってな。お、茶が入っているではないか。いただくぞ」

「それはお母様《かかさま》のですよ」

与次郎は、かたいことを言うな、と薄茶を飲み干してこちらへにじり寄ってくる。

「本来なら今日の夕餉《ゆうげ》をご一緒にというところですが、残念ながら儂に約束があって今日は無理なのです。かわりに感九郎様にお持ち帰りいただくよう良い蛸《たこ》を手に入れてきました。蛸はお嫌いではないですか」

「むしろ好きな方ですが……」

すると、それは良かった、と言いながらさらに近づいてきて耳打ちをしてくる。

「蛸は精力の素です。腎虚《じんきょ》に効きますぞ」

感九郎はあんぐりと口を開けた。

「あ、いや……」

「残念ながらオットセイは魚吉では手に入りませんが、そのうち薬種を商うものから都合をつけますので……おい、お葉、お持ち帰りいただくお造りの準備だ。蛸、烏賊《いか》、鰹《かつお》、とたくさん手に入れたから片端からさばくぞ」

「まあ大変。それは気張らないと」

おっとりとそう言って部屋を出ようとするお葉を追うように、なぜかジュノまで立ち上がる。

「天下の魚吉が魚をさばくところ、ぜひ拝見したいですぞ」

あっという間に三人ともいなくなり、茶室が静かになった。

感九郎はといえば腎虚のことを訂正するすべもなく、口を開けたまま座するばかりである。

真魚は、もう、と頬を膨らませて茶道具を片付け始めた。

「お父様ったら、せっかくの茶会が台無しです。ごめんなさい、感九郎さま」

「……お父上に私が臀虚だと吹き込んだのか」

「そうではないのですか？」

「違うと言ったではないか」

茶道具をすっかりまとめ終えた真魚はこちらを向くとにこりと笑った。

「臀虚でないと言われるのなら証拠を見せていただきませんと」

「証拠？」

「ちょうど父母も寿之丞さまもおりませんし」

絶句していると、真魚がにじりよってくる。

目の前に迫ってくるので、感九郎はのけぞった。

真魚の大きい目が自分を見つめてくる。

しばらくの沈黙の後、感九郎が唾《つば》を飲み込む、ごくり、という音が響く。

その時、またもや襖が勢いよく開いた。

「クロウ！　すごいぞすごいぞ。やはり天下の魚吉だ。素晴らしい包丁捌《さば》きだぞ。お主も……おお、これは邪魔をした。すまなかった」

「待て、ジュノ、違うのだこれは」

「いやいや。それがしは今から豆腐の角に頭をぶつけなければならぬ。南無阿弥陀《なむあみだ》仏南無阿弥陀仏《ぶつなむあみだぶつ》」

念仏を唱えながら襖が閉められ、ジュノが去った後、真魚が「寿之丞様って楽しい方ね」と言って座を正した。

「いいことを考えました。いま父母がさばいているお造りを持って、わたしも感九郎さまのいらっしゃるお屋敷にうかがいます」

「それはいけない！」

下手をすると真魚まで久世の一味に狙われることになってしまいかねない。

そのうえ心配なのはコキリがいることである。

自分が正しいと思ったことを口に出さずにはいられない真魚と、刹那《せつな》に自分の思うがままに振る舞うコキリの性分がぶつかるにちがいない。

そのうえ、冷やかされたりくさされたり、感九郎が玩具《おもちゃ》がわりにいじくられることは避けられないであろう。

真魚を決して墨長屋敷に連れて行ってはいけない。

「なんでいけないのですか」

「何か用事があるのであろう。先ほどお父上がおっしゃっていたではないか」

「用事は父だけなのです」

「なぜ来るのだ。夕餉ならまた日を改めてお父上の時間がある時に私がここまで参ろう」

「あら、ずいぶんな言いようですね。寿之丞様をはじめ感九郎さまがお世話になっている皆様にもご挨拶《あいさつ》をしたいだけですよ」

「いかん。とにかく連れてはいけぬのだ」

「なぜですか……はっ！　ひょっとして浮気相手でもいるのですか？」

「違う」

「なら良いではないですか」

「どうしても駄目なのだ」

感九郎は思った。

退《ひ》いてはならない。

決して、退いてはならない。

一刻《とき》ほどのち、感九郎は頭を抱えていた。

「しっかし驚いたぜ。この青瓢簞《あおびょうたん》にマオみたいな許婚《いいなずけ》がいるとはなあ」

「あら、コキリさん。感九郎さまはとても素晴らしい殿方なのです」

「うへえ、おい、クロウよ、貴様にはもったいない女だぞ」

絡んできたコキリに酒臭い息を吹きかけられ、たまらず顔を背ける。

このやりとりはもう何度目であろうか。

コキリは長い髪を結いもせずに垂らし、赤い襦袢《じゅばん》に薄い半纏《はんてん》を羽織った、いつものだらしない格好である。

童女のような小柄な体型に、酔って妖艶《ようえん》さを増したつくりの良い顔が乗っていて、どう見てもあやかしの類《たぐい》としか思えない。

普段より酒量が多いくらいで、「仕組み」の筋書きは大丈夫なのだろうかと心配になる。

処は墨長屋敷である。

結局、真魚も一緒に来てしまった上に、宴《うたげ》にまで参加する始末だった。

さすが魚吉からもらった刺身は、どれも絶品であったうえに随分な量があり、皆でたらふく食べたというのにまだ残っている。

その半分以上が与次郎が感九郎に食べさせたかったであろう蛸で、ジュノもコキリも喜んで食べていたが、まだ皿の上に何列も並んでいるほどであった。

旨《うま》いので感九郎もずいぶん食べたのだが、さすがにもう満腹である。

横になって腹をさすっていたジュノが、億劫《おっくう》そうに立ち上がった。

「ううむ、せっかくマオ殿の家から馳走《ちそう》になったというのに、もう一口も食えん。残りは漬《づ》けにでもしておこう。御前、あの蓋《ふた》付きの器どこでしたっけ」

「隣の間の棚にありんすよ……真魚殿、今日は本当にご馳走になりんした」

「とんでもないことです。感九郎さまがお世話になっておりますので」

「アタシも魚吉さんの名は聞いたことがありやしたが、扱う魚がこんなにおいしいとは知りませんで、不勉強でやんした」

「御前様にそう言っていただけるのは嬉《うれ》しいです。父母に伝えておきます」

「今日のお礼に、知己に魚吉さんを紹介させていただきやす」

コキリが、おおスゲエ、と野卑な声を出した。

「御前のお墨付きだ。魚吉の身上《しんしょう》が倍、三倍になるぞ」

真魚は無邪気に、本当ですか、嬉しい、と笑っている。

感九郎は、御前の出自が並ならぬものと感じ始めていて、本当にそうなるのではと思ったが、何も言わずに立ち上がった。

喋《しゃべ》りに花が咲いている三人を残して隣の間に行くと、漬けだれを味見しているジユノが匙《さじ》を突き出したので一舐《な》めすると少々甘い。

「これくらい味醂《みりん》をきかしたほうがうまいと思うのだが」

「もっと醤油《しょうゆ》が多くて良いと思いますが」

「辛口好みなのだな。覚えておこう」

「……なぜ真魚を墨長屋敷まで連れてきてしまったのですか？」

「うん？　いい女じゃないか。うらやましいぞ」

「これで真魚も久世の一味に狙われてしまいます」

「この屋敷に来ずとも遅かれ早かれ狙われることになっただろうな」

「そうなのですか？」

「お主に関わる者は近しい順に狙われるよ。今後、マオ殿と全く会わぬわけにもいかぬだろうし、だいたいお主と夫婦《めおと》になるはずだったことなどすぐわかるから、目をつけられるのは間違いない。それなら、こちらの目の届くところにいたほうがまだ安心だ」

驚くことに、真魚の身の危険についても考えていてくれたらしい。

言う通りなのかもしれないが、しかし、そうなれば魚吉にまで迷惑がかかってしまうことになる。

そう言うとジュノは腕組みをした。

「魚吉の方は御前が手を回してくれるだろうからひとまず安心しておけ。お主はなるべくマオ殿と共にいろ。雪隠まで一緒に行くというわけにはいかぬだろうがなあ。やつらも昼日中に事を起こすようなことはすまいが、とにかく、マオ殿の身のためにもこの屋敷に入り浸らせるといい」

「……ありがとうございます」

「なあに、『仕組み』の依頼人の方もそれがしどもが動けなくなると困るのだ。こういうことには手間と金をかけてくれる。大事なのは『仕組み』が成功することなのだ」

漬けだれの味を調えていたジュノはそう言うと振り返り、不敵な笑みを浮かべた。

「もちろん、マオ殿が来る時には刺身付きで頼むぞ」

「刺身が目的じゃないですか！」

「天下の魚吉の娘の身を守るんだ。安いものだろう」

また匙を突き出され、今度は良い塩梅《あんばい》なのでうなずいた。

ジュノは丁寧に刺身を漬けだれに浸しながら「やれやれ、一仕事したらまた酒が飲みたくなったな。この漬けでもういっぱいやるか」などと言いながら元の間へ戻っていく。

感九郎が呆《あき》れつつ後をついて行くと、酔ったコキリが真魚相手に気炎を吐いていた。

「だからぁ、あれだ。……ヒック……オレがその乱津可不可なんだって。『変わり身一代記』も『江戸城』もオレが書いたんだってば」

「まあ、本当なのですか！　わたし『変わり身一代記』大好きなのです」

「そうかそうか……ヒック……オレの書く戯作《げさく》は何でも面白いからな！」

相性というのは異なもので、感九郎が心配したこの二人は一目会った途端に仲の良い姉妹のようになってしまった。

それを我が子のように見守る御前もふくめて、なんとも楽しそうである。

「でも『変わり身一代記』が世に出たのは十年ほど前ですよ。コキリさんは子供だったんじゃないですか？」

それである。

感九郎もまさにそこを不思議に思っているのだ。

コキリが真魚にしなだれかかるようにくだを巻く。

「いんや、違う違う……書いた時も十九歳だったんだ……ヒック……いい女は歳とられえんだ。オレは永遠の十九歳なんだよ」

「始まったぜ、『永遠の十九歳』」

　ジュノが苦虫を噛《か》み潰《つぶ》したような顔をして呟《つぶや》いた。

「うるせえぞ、ジュノ！　てめえはそんなんだからもてねえんだよ。女の本当も嘘もわからねえ無粋な奴だ……ヒック……おい、クロウ！　貴様は信じるよな」

「……人の身に生まれれば皆、歳はとるのではないかと」

「なんだと！　こいつにいたっては青瓢箪《あおびょうたん》かつ無粋の極みか！」

　コキリが倒れ込みながら感九郎をつかもうとするのに、真魚が凛《りん》とした声を上げた。

「わたし、コキリさんの言うことを信じます！」

「おお！　マオはいい女だねえ。この盆暗《ぼんくら》どもにわからねえことが、ぴぴっとわかるんだよなあ……ヒック……」

「だって、子供があの『変わり身一代記』を書くよりも、コキリさんが歳とらないって話の方がまだ信じられるもの」

　感九郎は首を捻《ひね》り、ジュノも「そうかなあ」などと言っている。

　コキリはそれを無視して真魚の両肩をつかんだ。

「いいんだいいんだ、こんな無粋な奴らは相手にするな……ヒック……ん？　そういやマオの家は魚問屋だって言ってたよな……魚屋なら人魚の話を聞いたようなことはあるか？」

「人魚？」

「どこかの海で人魚がいたとかなんとか。相模《さがみ》でも若狭《わかさ》でもどこでもいい。オレは人魚に用があるんだよ！」

「はあ……残念ながら魚吉では人魚は扱わないのです」

「噂話でもなんでもいいんだよ。人魚のことが少しでもわかりゃあいいんだ！　オレは人魚の肉食わされて歳取れなくなっちまったんだから！」

その鬼気迫る様子に、さすがの真魚も怯《ひる》んでいるのを見て、感九郎が間に入った。

ジュノもコキリの腕をつかんで窘《たしな》める。

「ほら、お主は今日は酔いすぎだ！　まったく酔っぱらうといつも人魚の話をしやがる」

「酔ってねえよ、これっぽっちの酒で！　誰もわかろうとしやしねえ！　オレを残してみんな死んでいきやがる。友達も、家族も、誰も彼も！　でもオレは死ねねえ！　人魚の肉を食わしたあん畜生のせいだ……誰かオレを死なせてくれよ……誰かオレを……」

コキリは興奮して暴れ出さんばかりだったが、急に壊れた文楽人形のように、がくん、とうなだれて動かなくなった。

倒れないようにジュノに身を支えられるのを見守っていると、すうすうと寝息を立て始めた。

座布団の上にその身を横たえさせながら、ジュノが口を開く。

「すまんな、こいつは酒が過ぎるといつもこうなのだ。マオ殿と会ったことが嬉《うれ》しくて呑《の》みすぎたのだろう」

「いいえ、わたしはいいんです……コキリさん、なんだか辛《つら》そう。なにかできることあればいいのだけれど」

真魚の言葉に感九郎が頷《うなず》くと、それまで黙って見ていた御前が口を開いた。

「小霧さんの話が本当かどうかなんて大事なことじゃありやせんよ……人ってえやつは、本当かどうかよりも、それをどう感じたかで生きるもんでございやしょう。小霧さんは悲しんでいるし苦しんでいる。一緒に生きてくにゃあそれがわかってりゃ十分でありんす」

御前の物言いはどこか悲しげであるのに、何かを決意したようにきっぱりとしていた。

感九郎はうなずいた。

少し前までの自分ならその御前の言葉を理解できなかったかもしれない。が、卍次の影をほどいてしまった今となっては、世の出来事が己の考えに収まるわけではないことを知っている。

どこかで、季節外れの虫が、りん、と鳴いた。


宴が終わり、真魚を送った帰り、感九郎は番屋があるような大きな道を選んだ。夜更けであるからいつ卍次に狙われるかわからず、独りは心細いがいたしかたない。

大通りとはいえ、夜も更けているので人は少ない。

急いで帰ろうと歩を速めていると、往来の端で人が集まっていた。

何事かと思えば、二人の若い八九三《やくざ》者が殴る蹴《け》るの乱暴を働いている。

そのまま通り過ぎようかと思ったが、殴られている者は見覚えのある格子縞《こうしじま》の法被を着ていて、よく見ると御用聞きの蔵六であった。

手近の野次馬をつかまえて、番屋に伝えたのか、と聞けば「最近、蔵六は機嫌悪いし、金にはがめついしで人気ねえからね。伝える奴などいやしませんよ。いい気味でさ」などと冷たいことを言っている。

蔵六は口や鼻から血を流しながら、されるがままである。

仕方なしに八九三者たちに近づき「もう良いのではないか」と声をかけると、二人のうちの一人がこちらに睨《にら》みをきかせてきた。

「なんだ、おめえ。こいつの仲間か」

と、六尺法被に半股引《ももひき》を穿《は》き、ところどころからわざと刺青《いれずみ》を見せて凄《すご》んでくる。

小太刀一本、着流しの感九郎が武家ではないとふんでいるのだろう。

「知った顔なのです。蔵六殿が何か悪いことでもしでかしたのですか」

「こいつのおかげで俺らは迷惑してるんだ、余計な奴が口を挟むんじゃねえよ」

「それ以上やると、大事になります。もうやめておいたほうが良い」

「うるせえぞ、黙ってやがれ」

八九三者はそう怒鳴るが早いか腰の長脇差《わきざし》に手を伸ばした。

その瞬間、脳裏に剣術の老師匠の言葉が閃《ひらめ》いた。

——身体から力が抜けて、泥のようになる。

感九郎が意識する間もなく、すん、と刃音が立ち、我に返った時には小太刀は鞘《さや》に納まっている。

抜刀術「蚊遣り」によって見事に斬られた八九三者の梵天帯《ぼんてん》がはらりと地に落ちた。

法被がはだけたが、隅から隅まで刺青が彫られた皮肉は少しも切れておらず、血は一滴も出ていない。

あまりにも迅《はや》く、そうなってからやっと長脇差が抜かれる始末だった。

「むう……」

八九三者の動きが止まり、もう一人も蔵六を殴りつけるのをやめた。

感九郎は小太刀の柄《つか》に右手を添えたままどこも見ずに佇《たたず》んでいる。

そのうちに、片方の八九三者が顎《あご》で合図をすると、二人ともどこかへと駆けて行ってしまった。

入れ替わるように番屋から自身番が来たのへ説明をし、野次馬が散ってから蔵六のところへ様子を見に行くと酷《ひど》い有り様で、まだしゃがみこんでいる。

提灯《ちょうちん》をかざすと顔が酷く殴られて腫《は》れていた。

濡《ぬ》らした手拭《てぬぐ》いを渡してやると、ほとんど開かない目でこちらを見上げ「ちくしょう、あいつら」と呟《つぶや》いてから、ああ、と気がついた。

「昼間のお武家様じゃないですか……ご迷惑かけちまいやしたね」

「気にしないでください。実は私は浪人なのです」

蔵六は「立派なお武家様に見えまさあ」と言いながら、血の混じった唾《つば》を何度も吐き出している。

「見事な居合であいつらを追っ払ってくださったじゃありませんか」

「あれで逃げてくれてよかった。たまたまうまくいったのです」

「へっ、おかしなお武家様だ」

「なぜあんな無頼者にからまれていたのですか」

「この辺りの地回りの奴らでさ。急に二人がかりで殴りつけてきやがって……」

おかしな話である。

岡っ引はその土地の博徒や小悪党とうまくやりながら裏で流れている話を聞くのが役目の一つである。

名の知れた蔵六が地回りの八九三者と揉《も》め事をおこすなど普段では考えられない。

何か理由があるのですか、と聞くと、しばらくそっぽを向いていた蔵六が、急に涙を流し始めた。

子供が見たら逃げ出すような風貌《ふうぼう》をしているから、まさに「鬼の目にも涙」である。

「畜生……白状いたしやすと、実は長年連れ添った女房が臥《ふ》せりまして……俺が十手なんて持って偉ぶってられるのも、女房が汁粉屋をやって稼いでくれるからだったんで、俺ぁ本当に感謝してるんでさあ。なんとかしてやりてえが、とにかくいろいろ金がかかるんで……それでこのふた月ばかり気張ってここいらの場所代を集めてたんですが……」

蔵六は何回か洟《はな》をすすって、それでは足りずに手鼻をかんだ。

「おおかた、いままで俺が目こぼししてた分までとっちまってるのが奴らの癇《かん》に障ったんでしょう。俺が取ってない場所代があいう地回りに渡って、それで町ってのはなりたってるんですからね。裏の掟《おきて》を破った俺がいけねえんだけれど……畜生、こんなんじゃあ女房の薬代がなんともなりませんや。お医者代もそうだが薬が馬鹿みてえに高くって……女房の気持ちの支えにもなってるからやめるわけにもいかねえし。南蛮渡来のありがたい薬だっていうからなあ」

感九郎の背筋がぞくりとした。

「蔵六殿、ひょっとしてその薬の名は〈阿蘭丹〉というのではないですか」

「よくご存知ですね。さすがでさあ……あれ、どうしたんですかい、変な顔して」

「……いや、なんでもないのです」

感九郎はそのまま去ろうとしたが、目を見開くと銭入れを出しながら振り返った。

「蔵六殿！　頼みを聞いてくれませんか」

「いったいどうしたんでさ」

「できる限り他の者に知られぬよう、しばらく私のまわりを注意してもらいたいのです。少々まずいやつに狙われていて。礼はこの通り」

心付けとして「仕組み」で得た報酬の一部を渡すと、蔵六は「こんなにですかい？」と目を白黒させた。

「相手は剣の手練《てだ》れで危ないのです。深追いはしないでください」

「そいつは旦那《だんな》の居場所を知ってやがるんですか」

「わかりません」

「旦那の面や素性は？」

「顔は見られています。出自もおそらく知られているかと」

蔵六は空を睨《ね》め付けながらしばらく何事かを呟いていたが、顔を上げた。

「旦那のお名前と居所を教えていただけやすか」

蔵六に伝えると、飲み込むように復唱して呟いている。

それを終えるとよたりと立ち上がった。

「合点でさあ！」

「何かわかったら教えてください……奥様お大事に」

蔵六が深々と頭を下げるのに首肯《うなず》いて、感九郎はその場を立ち去った。

そこからも自然に足は急ぎ、ようやっと墨長屋敷の自分の部屋に戻ってきたときにはさすがに大きく息をついた。

ジュノもコキリもおとなしく眠っているようである。

二人とも、「仕組み」がからむと真剣になるのは何か理由があるのだろうか。

報酬が高額なこともあるだろうが、かたや「座敷に呼ぶと金がかかる」凄腕《すごうで》の手妻師、こなた、当代きっての人気戯作《げさく》者である。

金に苦労しているとも思えない。

御前に恩があるのか、それともなにか他の理由があるのか。

横になったが、気が立っていてまんじりともできず、行灯《あんどん》に火を灯《とも》した。

どうせ眠れぬのなら、と内職の元締めに依頼された下緒《さげお》をつくることにして、預かった糸と丸台を引っ張り出す。

糸を並べて揃えた端を結んでまとめ、「鏡」と呼ばれる丸台の天板の中心にあいた穴から下げた。

それらの糸を天板のまわりに垂れ下げておもり玉をからめたら、逆の糸端の結んだところへ吊《つ》りおもりをぶら下げて準備は完了である。

一本一本手にとって他の糸に絡めていくと、木でできたおもり玉同士がぶつかって、からん、という音をたてる。

組紐《くみひも》は、技としては「結び」や「竹かご編み」に近いところがある。メリヤスのようにはほどけないし、技法的に全く違うのだ。

が、大きく言えば同じ糸を使う手仕事であるし、メリヤスにしろ組紐にしろ手を動かし始めると他のことを忘れてしまい、気持ちが楽になることには変わりない。

どのような柄にしようかと試行錯誤しているうちに夜も更けていく。

おもり玉のぶつかる心地よい音を聞きながら紐を組んでいるうちに、最後には頭から雑念が失《う》せ、ただただ糸と自分があるだけとなった。

そのうちに、半分眠ってしまったかのようになり、いかんいかんと我に返れば、周りは居たはずの墨長屋敷の一間ではない。

しかも目の間にあるのは古井戸の様な大きな「穴」である。

ああ、と思いながら感九郎が穴を下りると、そこにはやはり白装束が文机《ふづくえ》に向かっていて「よう」と声をかけられた。

「生き延びたようだな」

不適に笑うその顔はやはり感九郎自身のものである。

「あの後、俺もメリヤスを始めた。なかなか面白いものだな」

見ると文机の上に長鉄針と木綿糸が置いてあった。

いくつかのメリヤス地が編み散らかされているのを見て、感九郎は面白く思ったが、白装束には聞きたいことがたまっていた。

「質問があるのです」

「なんだ？」

「あの後、影の交わった相手の気持ちが入り込んできました」

「ああ、そういうものだ。影は心だからな」

「しかもその相手の影をほどきました」

「できるだろうな、お前なら」

「ところがそれ以来、そういうことは起きないのです」

「調子というものがある。心が〈ある状態〉に入ってなければ起きぬよ。まだ慣れておらぬからお主にはそれがわからんのだ」

そこまで話すと、あたりを靄《もや》がつつみはじめた。

「今日は早い帰りだな。また来るといい」

「あと一つだけ……なぜこの穴の中に居るのですか？」

すると、白装束は不思議そうな表情を浮かべて、気の抜けた様な声を出した。

「なぜって……俺をこの檻《おり》に閉じ込めているのはお前じゃないか」

その言葉に驚く間もなく、視界が靄で埋まって真っ白になった。

はっ、と我に返ると、そこはやはり墨長屋敷の一間で、手元には藍《あい》を地にして、ときどき思い出したように細い赤の柄《がら》が入っている下緒がかなりの長さまで組めていた。

夢か本当《まこと》かと考えたが、確かめる術《すべ》はない。

第八章　感九郎、むすぶ

次の日、目を覚ますと日はすでに高く上っていた。

夜半まで下緒を組んでいたせいで頭が重く、水でも飲もうかと厨《くりや》に行ったが、ジュノもコキリも見当たらなかった。

御前に聞くと、コキリはまた風呂《ふろ》屋へ行き、ジュノは調べ物に出たそうである。

話を聞いて「仕組み」の準備でも、と思ったのだが、手持ち無沙汰《ぶさた》になってしまった。

考えた挙げ句、下緒の続きを組んでいると、乱雑に襖《ふすま》が開けられた。

見れば銭湯帰りのコキリで、いつものように苦虫を噛《か》み潰《つぶ》したような顔をしている。

「聞きたいことがある。入るぞ」

珍しく髪を団子に結い、大きめの半纏《はんてん》を着て立っている姿は童子のようだ。

対面に腰を下ろすと、こちらの手元を眺めて、ふん、と鼻を鳴らした。

「貴様は紐も組めるんだな」

「糸ものは好きなので」

「ならば紐を使って『結び』を編む心得はあるか」

「結び、ですか？　水引のような」

「いや……貴様は茶の湯の心得はあるか」

「それなりには」

「茶会の時に使う壺《つぼ》があるだろう。茶葉を入れておくやつだ。その壺の蓋《ふた》を閉じるときの飾り結びのことだ。できるか」

感九郎は首を傾げた。

茶壺の蓋を封じる結びは茶事を催すために身に付ける技術で、さまざまな型がある。

茶の湯をしっかりと身につけた者であれば習得しているが、感九郎はそこまではない。

元々、糸を扱うことが好きだから面白いとは思ったものの、内職の方が稼ぎになるし、自分が茶事を開くとも思えなかったので手慰み程度でやめてしまった。

「糸なり紐なり、細くて長いものを扱うのに貴様は長じているのではと思ったが」

「一つ二つなら」

「少なくとも剣術よりは腕に覚えがあります」

「よし。いいか、十日後を目処《めど》に『仕組み』をする。それまでに茶壺の飾り結びを自由自在に結えるようになっておいてくれ。結ぶだけじゃない。結んであるものを手早くほどきながら、それと全く同じに結ぶことができるようにしっかり習得しろ。できるか？」

感九郎は額に手を当てた。

糸を遣うことと紐を遣うこと、そして編むことと結ぶことは親戚《しんせき》のようなものだから勘は働くだろうが、茶の湯の飾り結びはなかなか複雑である。

「仕組み」のなか、自分が「結び」で何をさせられるのかも心配だ。

それについてコキリに聞いても説明などしないだろうが、前回は危うく命までなくすところだったのだ。気になることこの上ない。

「……おそらくできると思います」

「おそらくじゃ困るんだ。確実にやってくれ」

「私より真魚の方が茶の湯に通じているので習っておきます」

「そりゃいい塩梅《あんばい》だな。ついでに紙で壺口を封ずる方法もならっておけ。頼んだぞ」

「……聞きたいことがあるのですが」

「なんだ。『仕組み』の筋書きを詰めるのに忙しい。長い話はしねえぞ」

「なぜコキリもジュノも『仕組み』にこだわるのですか」

「……こだわりなんざねえよ」

「いつもと顔つきがかわっています。こだわっているのは傍目《はため》にも明らかです」

「……面白《おもしれ》えからやるだけだ。金の入りもいいしな」

「人気の戯作《げさく》者なのでしょう。金子《きんす》には不自由していないはずです。もしわけがあるなら話してください。『仕組み』には命がかかる。どうしても話したくないのならしょうがないけれど、仲間の気持ちくらい知っておきたいのです」

そう伝えると、コキリは子供のようにそっぽを向いた。

そのまま動かない。

感九郎はそれ以上は問わず、ふたたび下緒を組みはじめた。

こんな時、手仕事は便利である。

貝のように閉ざしているところへひたすら話しかけても、その口がさらに固くなるだけだし、かといってただ黙っていては相手が圧を感じてしまう。

手を動かしていれば、口を開くのを待つにも気持ちが落ち着いて空気の硬さがほぐれるので先方も楽なのだ。

挙げ句、その空気感につられて口を開くこともあるが、そんなことを期待するわけでもなく、感九郎はただただ紐を組んでいた。

静けさの中、おもり玉のぶつかる音だけが調子良く続いている。

「……笑わねえか」

「うん？」

沈黙を破ったのはコキリだった。

「信じろとは言わねえ。笑わねえか？」

「わかりました。笑いません」

「笑ったら承知しねえぞ……こないだオレが酔った時、『人魚の肉』の話をしたみたいだが……信じるか信じねえかは貴様の勝手だ。別に信じて欲しいわけじゃねえ……オレは死ぬことができねえんだ。怪我すりゃ痛えし風邪ひきゃ寝込むがな……オレはいい加減死にてえんだ。もう生きたかねえ。周りでみんな死んでいくのはもう嫌だ。人魚の肉を食わせたやつを恨んでるぜ、本当に……」

感九郎が顔を上げると、コキリはまだそっぽを向いたままである。

意外にも気性が繊細で、目を合わせるのが恥ずかしいのかもしれない。

感九郎は手元に目を戻し、紐《ひも》を組み続けた。

「今でもあいつの顔を夢に見るんだぜ。総髪の髷《まげ》。吊《つ》り上がった目。眉間《みけん》の黒子《ほくろ》……オレが死ぬるためにはいろいろ調べなきゃいけねえ。あの男が死んでたら、その子孫に会いに行きてえ。人魚の話があったらそこに行きてえ。そのためには色々な事情を知らなきゃいけねえ。表のも裏のもな。御前はそんなオレに同情して助けてくれている。『仕組み』だって、裏事情にこれほど通ずることはないと思ってやってるんだ。実際、幕府の裏事情だの悪党どもの組織だの、普通に生きてりゃ耳に届かねえことばかり知るようになった。それがオレのわけってやつだよ」

コキリはそっぽを向いたまま話を終えると、また口をつぐんだ。

それでも感九郎は手を動かし続けていたが、紐を組み上げると口を開いた。

「真魚は人魚について調べると思います。そういう気質《かたぎ》なのです。私もなにかわかったら伝えます」

それを聞くとコキリは立ち上がり、襖を開けた。

「人のいい奴は信用しねえことにしてるんだがな……貴様はさっさと飾り結びを習

いにいけ」

そう言い残して静かに出ていく。

感九郎はそのまましばらく手を動かして下緒を仕上げ終えると、支度を始めた。

ついでに内職の元締めのところへ行き、届けてしまおう。

頭でその段取りをつけながら下緒を懐に入れたところで、やにわにがくりと項垂《うなだ》れると、小声でひとりごちた。

「今日の夕餉《ゆうげ》も蛸《たこ》かもしれんな」


外に出てみればよく晴れていて、日本橋までの道のりは気持ちがよい。

墨長屋敷からは内職の元締めの住居がある神田の方が近いのだが、先に魚吉に行くことにした。

下手をするとまたぞろ蛸を食わされかねないので、帰りに用事がある方が好都合なのである。

途中で酒屋に寄り、柄樽《えだる》を提げて往来をゆくと「旦那《だんな》ぁ」と声をかけられた。

見れば慈平で、ねじり鉢巻に薄い半纏《はんてん》を羽織り、昨日と同じく茶飯を売っている。

近づくと人懐こい笑みを浮かべた。

「よかった。今日も旦那が来るんじゃないかと思ったんでさあ。ぜひ一口でも食っていってください」

有無を言わせず慈平は茶飯を盛り、そこへ汁を注いで突き出した。

受け取ると耳打ちをしてくる。

「この汁かけ茶飯は旦那のために仕込んだようなもんでさあ」

なんのことやらわからないまま、茶碗《ちゃわん》のなかを見ると、飯に蛸が炊き込まれている。

まさか、と思っているところへ囁《ささや》かれた。

「これ食やあ精がつきまさあ」

慌てて感九郎が訂正しようとすると、慈平は他の客の相手をはじめてしまった。

仕方がないので、川べりの石に腰掛け、「また蛸か」と呟《つぶや》きながら汁飯を啜《すす》れば、やはり味はよい。

汁の具は貝で、その旨みも蛸と合っている。

貝にも精力を増す力があるのだろうか。

そのうまさにもかかわらず感九郎はため息をついた。

丼《どんぶり》を返す時に銭を払おうとすると頑として受けつけない。

さらに「自分は腎虚《じんきょ》ではないのだ」と言うと「わかってやす、わかってやすよ！」と言って満面の笑みを浮かべている。

忙しそうな慈平を困らせるわけにもいかず、仕方なく礼を言って去ったが、どうも腑《ふ》に落ちない。

魚吉にたどりついて店の中をのぞいてみると、印半纏《しるしばんてん》姿の真魚は帳場にいた。

まさか「仕組み」のことを真魚に伝えるわけにはいかぬから、どうやって話を切り出そうか考えているうちに、向こうが気がついた。

「あら、感九郎さま」

「む……昨日、馳走《ちそう》になったので酒を届けに来た」

柄樽を突き出すと、懐に入れていた下緒の端がぽろりとまろびでた。

「あら、それは……」

「頼まれ仕事で組んだのだ」

下緒を懐から出して渡すと、真魚は笑みを浮かべる。

「不思議な下緒。見たことがない柄ですが……とても気に入りました」

「それは嬉《うれ》しいな」

「もしよければこの柄でわたしにも紐《ひも》を組んでくれませんか。茶壺《ちゃつぼ》の蓋《ふた》をとめる紐が擦れてきてしまっているのです」

「ああ、もちろんだ。手隙の時に組んでおこう……それならば、飾り結びの結い方を教えてもらうことはできぬか？　結い方がわかれば太さの塩梅《あんばい》もわかるというもの」

とっさに機転をきかせると、真魚は腑に落ちた様子で、「ちょうど仕事がいち段落ついたところですから」と始めてもらうことになった。

茶室へ感九郎をいざなった真魚は壺をとりだしてその結びをするするとほどく。

「それでは参りますよ」

あらためて茶壺の蓋に布をかぶせ、その上から紐で壺を結いつけていく手捌《てさば》きは見事なもので、一切の淀《よど》みがない。

「さあ、まずはこれから結んでみてくださいませ。感九郎さまはメリヤスも組紐も上手だからすぐに身につきますよ」

そうしていくつかを立て続けに教授してもらったのち、真魚に茶を煎《い》れてもらったところで感九郎はようやく一息ついた。

綺麗《きれい》にしあげるのはなかなか難しく、糸の差し入れ方を間違えて固く結んでしまい、脇差《わきざし》から抜いた小柄《こづか》の先を紐が切れぬよう結び目に差し入れてやっとほどけたところであった。

「茶の湯にはいったいどれほどの結びがあるのだ」

「わたしが習ったのはほんの数種ですが……もともとは無数にあったとも聞きます。『鍵《かぎ》』のかわりだったという話ですから」

「鍵？」

「はい。茶の湯は江戸に幕府が開かれる前、安土桃山の時節に発展したのですが、その頃は生き馬の目を抜く下克上の時代だったので、茶に毒を入れられることも考えられたとか。茶人たちとしてはそれは防ぎたく……茶壺の結びは、不届き者が茶壺を開けた時にわかるためのもので、茶人一人一人が凝った結びを使っていたという話もあるくらいです」

「よく知っているな」

「ぜんぶ師匠からの受け売りですよ……もちろん今でも同じ意味があるのでしょうけど当時ほどではありません、天下太平の世ですから」

感九郎は唸《うな》った。

結びが解けても、元々の結び方と寸分違《たが》わずに結べなければ「結びを解いたこと」はわかり、その意味で「鍵」となるわけである。

「……結び一つに命がかかっているのだな」

「そうなのです。昨今、茶の湯は呑気《のんき》に思われていますが、裏を返せば人の生き死にに関わっているのです」

「しかしそうなると……茶の湯の結びの全てを知ることは無理だということだな」

「記録に残すものでもないですしね。基本の結びを除き、すべてはそれぞれの茶人の頭の中にあると聞いています……しかし、こういうやり方はあります」

真魚はそう言うとまたするすると茶壺に飾り結びをほどこし、こちらへ寄越した。

「さきほど感九郎さまにお伝えしたこの結びは、言い伝えられている形の一つにわたしの師匠がさまざまな工夫を加えたもので『六文銭《ろくもんせん》』と呼ばれています」

なるほど、壺の口から綺麗な円が左右に三つずつ、縦に並んでぶら下がっている。

「ゆっくりほどいてみてくださいますか？」

そう言われて結び目をゆっくり解いていくと、真魚の意図がわかった。

左側の一番上の円だけがほかの五つの円とは逆の結び方である。

「わたしは自分で結ぶときはこのようにします。他にも細かいところでいくつか基本とは違うくせをつくってありますが、その差はわずかなものです。向こう側かこちら側か、右回りか左回りか、何回ねじるか、くらいしかありません」

感九郎はうなずいた。

たしかに糸を扱う時は、真魚が言った通りのことを指先でわかっているかどうかが肝要で、メリヤスでも組紐《くみひも》でも同様である。

真魚はまた新しい飾り結びを結いながら、話し続けた。

「肝心なのは、ちょっとの差でも、できあがるものはずいぶん違うものになるということなのです。これればかりは頭でわかっても体で覚えねば仕方ありません。蝶結《ちょうむす》びも少しの差で縦結びになってしまいますでしょう？……だから、稽古《けいこ》する方法としては、少しずつ変えながらひたすら結びを組んで、そしてそれを確認しながらほどいて、を繰り返すのが良いと思うのです。解くときに覚書を書きつけながらでも良いかと思います。もし感九郎さまさえご興味があるのでしたら時々わたしの組んだ結びをほどかれると良いと思いますよ」

「了解した。是非教授してほしい。これから毎日これくらいの刻《とき》に来てよいか」

「毎日ですか！　ずいぶんお気に召されたのですね。わたしは感九郎さまに会えるので嬉しいですけど」

真魚は顔をほころばせてそう言った。

夕餉《ゆうげ》の誘いを固辞して内職の元締めの処へ行き、出来上がった下緒を見せると、しばらく矯《た》めつ眇《すが》めつしたあと「お疲れ様でした」と、やたらと高額な工賃を手渡された。

「さらに何本かお願いしたい。黒瀬様の手仕事は一部で評判になってきたので箱に入れて銘をつけようと思います。さらに高値がつけられますゆえ」

元締めはにこりともせずそう言って、帳面作業に戻ってしまった。


その日から、感九郎は寝る間を惜しんで結びの稽古《けいこ》に没頭した。

覚書が増えていくにつれて、固い結び目になってしまったのをほどく小柄がだんだんと出番を減らしていった。

御用聞きの蔵六が墨長屋敷に訪ねてきたのは、そうして七日ほどが過ぎ、感九郎の組んだ「結び」を真魚が感心するようになった頃のことであった。

「あいすみやせん。来るのが遅くなりやして……しかし、旦那《だんな》、随分粋《いき》なところに住んでやすね。つくりは長屋みてぇだが洒落《しゃれ》てますな」

刻《とき》は夕闇が江戸の町を染める時分である。

突然やってきた蔵六の法被は、この間八九三《やくざ》者どもに絡まれた時にでも生じたのだろうか、裾《すそ》が破れていた。

　しかし当人はそんなことも気にしていないように玄関のあがりに座り込み、感九郎が出してやった茶をうまそうに飲んでいる。

「こいつぁうめえ。いい茶葉つかってやすね……頼まれた件なんですが、いましたよ、旦那のことを嗅《か》ぎ回っている奴が……心付けをいただいたあと、俺ぁさっそく旦那のあとをつけはじめたんでさ」

「……全然気がつきませんでした」

「なに、蛇《じゃ》の道は蛇《へび》ってやつで。ずいぶん離れてましたしね……なんせ旦那を狙ってるやつが俺を見つけちゃあうまくねえですから……その日からしばらく何ともなかったんですが、昨日になって、旦那のあとをつけてるやつを見つけたんでさあ。おそらく浪人なんですが、ピタリと気配がねえ」

　蔵六は顔をしかめて、生きもんならもってる気配って奴がなくってまるで死人みてえでしたよ、と舌打ちした。

「……最近、旦那は日本橋の魚吉に毎日通っていなさるでしょう。それで店に入るとしばらく出てこない。その間もそいつは近くの茶店に入ったり一膳飯屋《いちぜんめしや》で酒飲んだりしながら見張ってやがった。だからちょっと顔を拝んでやろうと思いやして近づいてみたら……あんな綺麗な顔した野郎は見たことありませんや」

蔵六は今度は感心した様に目を丸くさせたが、すぐにその頰をひん曲げた。

「しかし、それ以上に驚いたのが奴の暗さだぁ。まだ若えのにこの世のもんじゃねえような暗ぁい煙みてえなもんが身の内から滲《にじ》み出てる。身なりもきれいでね、奢《おご》ったもん着てやがって……しかしそんなこっちゃああの狂ったような暗さは隠せねえんだろうなぁ。ありゃやばい奴ですよ。あんなやつに狙われてんじゃ旦那も大変だ」

「……卍次だ」

「マンジ？　それがそいつの名前ですか？」

「おそらくは。それからどうしたのですか」

「どうしたもこうしたもねえです。そのまま旦那が魚吉から出てくるまで待って、旦那が大通りばかり歩いてて助かった。裏道にでも入ったら、ばっさり、とやりかねねえ」

感九郎の背筋に冷たいものが流れ、身震いすると、蔵六は肩をすくめた。

「そんで結局、ここまで尾《つ》けてきて終わりでさ、旦那の棲家《すみか》を知りたかったんでしょう。しばらくしたら帰《けえ》りやしたね」

「へえ。そのあとは湯島界隈《かいわい》まで歩いて、武家屋敷にあがりこみやがって……そこが棲家と思って、門札見ようとしたら、またすぐ出てきやがって見つかるかと肝を冷やしやしたが……ああ、大丈夫でさ。札ぁ見れなかったが場所はしっかりと覚えやしたから問題ねえや……そんで、出てきたと思ったら上野《うえの》のこれまた立派なところに帰りやがった。あそこが棲家ですな。そっちの門札は見やしたよ。『天口』と書いてやがったな」

「帰った？」

感九郎は目を見開いた。

「そのままどうなるか分からねえから、道端で夜を徹しての見張りでさあ。なに、気にしねえでくだせえ、慣れてまさあ……今朝になったら上野の屋敷から女と一緒に外に出てきやしたね。それがまた見目のいい女で。あんな器量好《よ》し、見たことねえ。その卍次って奴に絡みつくようにひっついていて……三味線かなんかの袋を抱えてましたね。そんで戻ったと思ったら今度は禿頭《はげあたま》の爺《じじ》いとずっと一緒にいたり、ありゃ用心棒してんでしょうな。それが終わると旦那が帰るまでそのあたりで見張っていやがったんですよ。ついさっきのことでさあ。旦那のヤサがここだってことを確認したんでしょうな、おそらく」

感九郎は大きく息をついた。「禿頭の爺い」とは天口のことだろう。そうなると、浪人は卍次で間違いなく、そしてどうやら墨長屋敷のことも嗅ぎつけられてしまったようである。

途端、座敷からコキリの怒鳴り声が聞こえた。

「おい、クロウ、いるのか？　いるならとっとと来やがれ！」

「いま来客中です」

玄関から声を張り上げても、いいから来い、の一点張りである。

「……蔵六殿、悪いが話に出た湯島と上野界隈の屋敷の場所まで、連れて行ってもらいたいのです」

「合点でさあ……けど、今からはやめたほうがいいですぜ。夜は危ねえ。俺も一人なら見つからねえようにできるが、旦那と一緒だと話が違《ちげ》えや。あんなやばそうな奴に見つかってお陀仏《だぶつ》はごめんでさあ。明日《あした》にしやしょう。昼時に迎えに来やすよ」

感九郎はうなずくと心付けを蔵六に渡した。

「旦那、これはもらえねえ。こないだ大層な額もらったばかりだ」

「あれは奥さんの薬代。これは蔵六殿の法被代です……できるだけ卍次に気をつけて、なにかあったらすぐに知らせに来てください」

手にねじこむようにして金子《きんす》を渡すと、蔵六は、かたじけねえ、と頭を下げた。

そこにコキリのがなり声がかぶさってくる。

「おい！　クロウ！　さっさとしやがれ！　こっちは待ってんだ」

蔵六はその声の方へ顔を向けて「旦那も大変ですなあ」ととぼけたことを言い、出て行った。

感九郎が居間に入ると、コキリの怒声が響いた。

「遅いぞ、何くっちゃべってたんだ」

「ちょっと知り合った日本橋の御用聞きに私の周りを注意してもらっていたのですが……どうやら卍次のやつがこの墨長屋敷のことを知ったみたいです。いまは天口の屋敷にいるようですが」

「ああ、知ってる。貴様がつけられたんだろ」

感九郎が言葉を失うのに、コキリはこともなげに話し続ける。

「依頼人の筋の者がきちんと調べてくれてんだ。知ってて当たり前だよ」

「幕府も絡む大事になってきてるし、お主の身も危ういからのう。御前が気をきかしてくれたのだ」

コキリもジュノも身じろぎ一つしない。

「しかし……先ほども近くまで来ていたようですよ」

「なんだ、また来てたのか。そりゃ夜にでも知らせがくんだろ」

「大丈夫なんですか」

「けっ、ばれちまってるもんは仕方ねえよ。昨日は『仕組み』を感づかれるんじゃねえかと思って動かなかったんだ。貴様に言わなかったのもそのためだ。慣れてねえと身振りでばれるからな、そういうのは……めんどくせえが大事をとって今日はどこかに泊まろうぜ。おい、クロウ。貴様、今度の『仕組み』までに殺されたらただじゃおかねえぞ。せっかくこのオレが筋書きを考えたんだからな！」

「いざとなれば依頼人の筋の者も姿を現して守ってくれると思うが、気を付けるに越したことはないのう」

二人の言葉に感九郎はうなずいた。

ほんの少し前まで、命がこのような危険にさらされるなど、考えもしなかった。

当時は、それは自分では「正しく生きている」からだと思っていた。

しかし、本当はどうなのだろうか。

ここ最近の墨長屋敷での生活で、以前には感じえなかった心持ちが芽生えてきたのを自覚していた。

今までの自分とは全く違う生き方をすることによって、「正しく生きなくてはならない」という信念めいたものは全く根拠のないものではなかろうか、と思いはじめたのだ。

決して「正しい」とは思えない、いかがわしい「仕組み」に参加した後も、生きていけなくなったりなどしてはいない。

むしろ前より生き生きとしたものを覚えるくらいである。

コキリやジュノを見てもそうだ。

二人とも凄《すさ》まじい異能の持ち主ではあるが、自分の持っていた以前の物差しでは「正しい」生き方とはいえないだろう。

破天荒にして不均衡。その反動の異常行動。

しかしそれぞれが何か事情を抱えながらも、しっかりと生き抜こうとしている様を間近で見てみれば、それが「正しい」「間違い」という物差しで測りきれないのはよくわかることであった。

こうなってくると自分の考えていた「正しさ」とはいったい何なのだろう。

本当に「正しさ」などあるのだろうか。

否、「正しくないこと」はある。

久世森羅のやっていることは悪事である。

感九郎が知っているだけでも、慈平と蔵六が騙《だま》されている。

ではそれなら久世を追い込む「仕組み」をするのは正しいことなのだろうか。

感九郎が自らの腹のうちに問いかけていると、コキリが傲岸不遜《ごうがんふそん》にうそぶいた。

「これから説明してやるからぼんやりしてんな。たぐい稀《まれ》なる才能の結実だ。『仕組み』がうまくいくのは全部オレのおかげだからな、耳かっぽじってよく聞け」

途端、ジュノも腕組みをして言い放つ。

「自分一人でやってる気になるない。それがしも調べ物をするのに飛び回ったのだぞ」

「てめえはオレの指図であっちいったりこっちいったりしただけじゃねえか」

「何を言うか。これでも自分できちんと考えているのだ。だいいち、それがしがいなければお主が考える『筋書き』とやらも絵に描いた餅、妄想空想の類《たぐい》に終わるだろうに」

「てめえこそなに言ってやがんでえ。オレにとって調べ物なんざ、念のため確かめてるくれえなもんだ。てめえが暇で寂しそうにしてやがるから仕事振ってやってるた。

目の前で醜悪な舌戦が繰り広げられるのへ、感九郎は「あの……」と割って入った。

二人とも言葉をピタリと止め、「何だ！」「どうしたのだ？」とこちらを向いた。

「いや……その……私も茶壺《ちゃつぼ》の飾り結びの組み解《ほど》きを会得しました」

声に出してから、一抹の馬鹿馬鹿しさを感じたが後の祭りである。

二人はしばらく黙ってこちらを見ていたが、コキリが「青瓢箪《あおびょうたん》が馬鹿を上乗せしたか」とぽつりと呟《つぶや》いた。

一方、ジュノは「なんか知らぬが仕上がってきたのう」とよくわからないことを言い、感九郎が困惑している間にコキリが「仕組み」の筋書きを説明しはじめてしまった。

「さあ、馬鹿が一人増えたところで何もいい事ねえし嬉《うれ》しくもねえが、とにかく『仕組み』が成功すりゃそんなことはどうでもいい。今度の仕組みの標的は知っての通り蘭方医・久世森羅の野郎だ。久世はめったに表に現れねえから厄介だ。奴を信奉している武家は多いのだが、実は久世自身が通っている先は少ねえ。そのうえ隙がねえんだ。なんせ、肝心の偽〈阿蘭丹〉の証拠となる帳面が眠ってる蔵の鍵《かぎ》の一つは久世の野郎が肌身離さずもってやがるからな。今回も久世の居所を突き止めて先に動こうと思ったんだが、これが全くわからねえ。ジュノが江戸中回ったが尻尾《しっぽ》もつかめねえ有り様だ」

「天口を見張っていたらわからないでしょうか？」

感九郎が蔵六のことを考えてそう言うと、コキリは眉間《みけん》にしわを寄せた。

「それでわかったら世話ねえだろうなあ。天口も久世の側近にまでなった奴だ、そんな不手際はしねえだろう。なにか仕掛けてそういう風にさせることもできるが、そのやり口はもう準備が間に合わねえ」

コキリはここまで話すと「ああ、面倒だ、あとは貴様が説明しろ」とジュノに言い捨て、畳に大の字になった。

「やれやれ……お主の『面倒だ面倒だ』病も〈阿蘭丹〉で治らんかのう……結局、居所から何からわからんのだから、前もって久世本人に仕掛けることはできないと判断したのだ」

呆《あき》れ顔で喋《しゃべ》り出したジュノによると「仕組み」の筋書きの詳細は次の様だった。

先日、御前が伝えてくれた通り、依頼人の筋の者が偽〈阿蘭丹〉の証拠となる帳面があるのをつきとめた。

その帳面がとある蔵に納められていること、蔵の錠前は鍵が二つなければ開かないこと、一つは久世の懐の中にあり、もう一つは久世の金庫番をやっている奴が肌身離さず持っていることもわかったのだそうだ。

その二本の鍵を奪わねばならない。

金庫番は、表向きには茶人をやっている若い男で、その道で名をなしている。門人には武家の重臣や豪商がその名を連ねているが、その実、例の悪党組織の一員で天口と一緒に久世の部下をとりまとめているらしい。

そこまで話すとジュノは顔をしかめた。

「そいつは通称『不足庵《ふそくあん》』。こいつに関しては結構調べられたんだが、まあ金回りがいい奴だな。侘《わ》び寂《さび》などどこへ行ったのだろうかと思うくらい奢《おご》った生活をしている。屋敷が神田にあるんで見てきたが、門構えだけ見ても余計な金の掛け方しかしておらんのがよくわかる。茶人のくせに趣味がよくない。あれでよく門人たちが集まるものだ。その不足庵が明後日《あさって》、特別な茶会を開くことになった」

ジュノは呆れ顔をして茶を飲み干すと、少し間を置いて再び喋り始めた。

「不足庵の門人の紹介で幕府の重臣の一人、下野総徳という旗本が招かれている。この下野という武家はこの間の『仕組み』の時に天口と酒を呑《の》んでた崎山の上役だ。

元々は質実な性格だったが、五十過ぎてから茶の湯にはまり、ここ数年は茶器の蒐《しゅう》集《しゅう》にずいぶんと金をかけているらしいから、こいつも趣味が悪いに違いはないのだが、それは別の話、幕府内では力がある凸橋家の長老格だ。久世とつながると厄介なことこの上ない。なにせその上は凸橋家の殿様、つまりは公方《くぼう》様に他ならないからのう……クロウは下野を知っているか？」

凸橋家に仕えていた感九郎はもちろん下野の名を耳にしたことはあったが、片や将軍様の側近、片や下流武士では面識があろうはずもない。

そう言うと、ジュノはゆっくりと一つ頷いてから又、顔を顰《しか》めた。

「どうしたのですか？」

「いやな、この不足庵という奴はつかみどころがない。こいつも悪党組織の中で久世の下にいる以上、悪事を働いてきたに違いなかろうが、一度も捕まったことがないのだ。依頼人が徹底的に調べてもそのような記録がなかったらしい。この間の天口みたいにつけ込む隙がないのだ」

ジュノが肩をすくめて湯呑みに茶を注ぐと感九郎の前に置いた。

「どうするのですか？」

そう問うて茶を啜《すす》ると、ジュノは懐から油紙の包みを取り出した。

た。


「今回はこれを使う」

「なんですか、これは？」

渡された包みを感九郎が矯《た》めつ眇《すが》めつしていると、コキリがむくりと起き上がった。

「眠り薬だよ。船来物の最上等を御前に用意してもらった。この粉薬を一舐《な》めすれば四半刻《しはんとき》またずに昏倒《こんとう》する」

「眠り薬……」

「久世が来る茶会は明後日だ。明日《あした》の夜、茶室に忍び込んでこいつを茶壺《ちゃつぼ》の中に入れてくるのが今回の貴様の仕事だ。茶壺がいくつもあったら、口切していないものを選べ。その中にはとうぜん葉茶が入っている。茶会が始まって懐石を食ってる間に不足庵自身が葉茶を臼《うす》でひいて抹茶を作る。不足庵はそうするのが常らしい。その茶葉にこの眠り薬をまぶすのが貴様の仕事だ」

感九郎は顔をゆがませた。

物騒な話になるのは予想していたものの、聞いてみればやはり剣呑《けんのん》な話である。

「……独りでですか？」

「いや、ジュノが一緒だ。貴様が仕事をしている間に不足庵が茶室へ行かないように母屋の方へ引き留めておく」

「引き留める？」

「そうだ。流しの茶道具売りになって不足庵を玄関に張り付かせる」

「茶道具売り？　売るような道具があるのですか？」

感九郎の問いにジュノがみじろぎした。

「なあに、道具自体はそれなりの物を用意して、あとはそれがしの手妻にかかってもらう。翻せば色が変わる袱紗《ふくさ》、なでれば伸びる茶杓《ちゃしゃく》、茶が湧き出る茶碗《ちゃわん》、なんでもござれだ」

「世にも不思議な茶道具のできあがりってわけだ」

二人とも人の悪い笑みを浮かべていて、いかにも楽しそうだ。

「……はあ」

「それがしが茶道具を売りつけている間に、お主は茶会に使う茶壺の結びをほどき、壺の封をはがして茶葉にこの眠り薬をまぶし、壺に封をしてくれればよいのだ」

「もちろん寸分違《たが》わず元と同じように茶壺の結びを組んでおけよ。そうでないと中に何かが混ぜられたと思われて別の茶を使われてしまうからな。今回の『仕組み』はこの結びにかかってる」

「考えてみれば、前回もお主のメリヤス仕事が主役だったのう。やはり『仕組み』に縁があるのだろうなあ。これもめぐりあわせか」

勝手なことを言っている。

「その後はどうすればいいのですか」

感九郎が問うとコキリがまたごろりと横になりながら面倒そうに答えた。

「見つからねえように帰ってくりゃいいんだ。明後日の茶会にはオレが潜り込む」

「潜り込むってどうやって？」

コキリが寝転がったまま手をあげてひらひらと振る。

面倒だからオレは話さない、という意のようで、ジュノが肩をすくめた。

「かつての駿河《するが》凸橋家の傍流の姫がお忍びでやってくるという仕立てだ。このじゃじゃ馬が姫を演じて騙《だま》されるものがいるかどうかはわからんが、そう信じるように仕組んである」

「仕組んである？」

「贋《にせ》の手紙をそれぞれに出したのだ。下野には不足庵から、不足庵には下野から、と偽ってな。それぞれに『やんごとなき客人を招待したく云云《しかじか》』と書いた」

「そんなことで騙されるのですか？」

するとまたコキリがむくりと起き上がった。

眉間にしわが寄りすぎて、眉毛《まゆげ》が変な形になっている。

「オレの考えた筋だぞ大丈夫に決まってるじゃねえか！……と言いたいところだが、半分は御前の入れ知恵だ。いいか、『かつての駿河凸橋家』の『傍流』が『お忍び』でというのが肝なんだよ。いくら青瓢簞《あおびょうたん》と言っても貴様も元凸橋家仕えなら駿河凸橋家の名くらい知ってるだろうが」

感九郎はうなずいた。

駿河凸橋家がある事件を経てお家断絶になったのは有名な話で、町人でも知っている。

「凸橋家まわりでは駿河の件は口を憚《はばか》るほどの禁忌だしな、その傍流など誰も詳しいことは知らねえよ。茶会に居合わせる誰もが『自分が招待したのではない招待客』が駿河凸橋家と思いこんでれば、そんな面倒くさそうな客にごちゃごちゃ言うことはねえよ。お互いがお互いを気遣う隙間に旧駿河の血筋を引く『霧姫《きりひめ》』が入り込むのさ。御前も悪知恵が働くことこの上ねえ……いいか、普通の茶会なら亭主が客人と一緒に茶を飲むことはあまりしねえ。そこをオレが入り込むことによって、不足庵にも茶を飲ませるっていう筋書きだ！」

　コキリは立ち上がった。目は炯々《けいけい》と輝いていて、自分の作り出した「仕組み」の筋に入り込んでしまったかのように熱っぽく語っている。

「それぞれの手紙に『霧姫』の書きつけをつけて、そこに駿河凸橋家の花押を御前に書いてもらった。『この花押は本物でありんすよ』なんて言ってたぜ。あの御前が言うんだから駿河で本当に使われていた花押を調べてくれたんだろうぜ」

　コキリはなぜか威張っており、それが子供のようで妙に面白かったので、感九郎は笑いを噛《か》み殺すのに苦労しつつ安堵《あんど》した。

「では明後日の茶会では私の仕事はないのですね」

「なに言ってんだよ、茶会には貴様も来るんだよ」

「私も？」

「そうだ。貴様は『霧姫』おつきの爺《じい》や役だよ」

「爺や？　何の話ですか？　私が？　なぜ？」

「オレが眠り薬入りの茶を飲まざるを得なかった時のためだ。オレが眠っちまったら貴様が担いで帰ってくるんだ。『凸橋家ゆかりとはいえ断絶した家の者ゆえ表に出ることはまかりなりませぬ』とか書いて上席ではなく末席に座らせるように願っておいたが、念には念を入れねえとな」

「……いざというときのためジュノの方がよいのでは……」

「このうすら馬鹿は体でかすぎて爺《じじ》い役はできねえし、どんな変装しても元が元だからばれちまう。手は打ってあるが現場にこの間の用心棒や天口がきたら一発でおしまいだ」

「私も卍次に会ったらばれますが」

「そのための扮装《ふんそう》だよ。貴様は辛気臭えところあるから、爺いの扮装が似合うだろうさ。化粧も衣装もとっておきの奴に頼んであるからオレもクロウも別人に変身だぜ」

感九郎が助けを求めるようにジュノを見上げると、首を振りながら「残念ながらそれがしでは爺や役は重荷でござる」などと言っている。

感九郎は頭を抱えた。

「明日、茶室に忍び込む時に、不足庵のところに卍次が逗留《とうりゅう》していたらどうするんですか？　それこそジュノを見たら一発でばれますよ」

「抜かりはねえよ。明日《あした》も明後日《あさって》も卍次は天口に張り付くはずだ。天口を怖がらせるような手紙を送る。幕府と通じるのに失敗して、肩身の狭い思いをしているからな、悪党どもの組織からの扱いには敏感になっているはずだ。そんな時に『身の安全に注意されたし』と含みたっぷりの脅迫状を読めば『組織』からの手紙と考えてもおかしくねえ。自分の屋敷にひっこんで、身を守らずにはいられないだろうさ。天口の奴が明日の朝、読むように送っておいたから、少なくとも明日いっぱいは騙されてくれるだろうぜ。明後日も余程のことがねえ限りのこのこ茶会に来ることはねえだろうが、念には念を入れねえと万が一ってことがあるからな」

感九郎が感心したように何度か頷《うなず》くと、コキリはにやりと笑って自分の頭を指で何回か叩《たた》いた。

「オレはヘマはしねえんだ」

「あいつは肝心なときにこういうヘマをする」

長作務衣《さむえ》を巨体に纏《まと》って茶道具売りに扮《ふん》したジュノが橋の欄干に寄っかかり、宵闇がせまる空を見上げている。

その横には巨大な背負い箱が立てかけられていた。

川の流れる音が耳に心地よい。

夜闇にまぎれるように地味な墨色の長着を着流した感九郎は、確かめるように自分の体を見下ろした。

時は打ち合わせをしてから丸一日がたった時分、いざ不足庵の茶室に忍び込まん、とその屋敷へ向かう道すがらである。

もう四半里ほどで到着するからそろそろ散開しよう、とジュノが声をかけたところでコキリが変な声を上げた。

「茶道具を忘れた……」

話によると茶碗《ちゃわん》などの器はジュノの行李《こうり》に入れてあるのだが、茶杓《ちゃしゃく》などの小道具を現場まで持っていくのはコキリの担当だったらしく、それをまるまる忘れてきたという。

珍しく髪を丸くまとめ、品の良い浅葱《あさぎ》色《いろ》の小袖《こそで》を着ているのに、苦虫を嚙み潰したような顔をしているものだから、せっかくの身なりも台無しである。

幸い、準備のために泊まっていた宿からはそれほど離れておらず「ちょっと待ってろ」とコキリが走って取りに戻ることになった。

ジュノは暇潰《ひまつぶ》しにコキリのことをくさしていたが、感九郎は今日の昼間の出来事が気になってそれどころではなかった。

蔵六に湯島へ連れて行ってもらったのである。

「仕組み」直前で、今更ながらではあったが、卍次が立ち寄ったという屋敷を教えてもらいに行ったのだった。

行く前から嫌な予感はしていたものの、よもやそうではあるまい、と思っていた。

しかし、結局、感九郎の胸が重苦しい靄《もや》で満たされることになった。

今もなお靄は重さを増して腹へと落ちた末、古井戸然とした内なる「穴」にどうやら吸い込まれていく。

耐えるように黙っていると、ジュノがこちらを覗《のぞ》き込むようにして見た。

「浮かない顔をしているな。何かあったのか」

感九郎は黙って首を振った。

とうてい言える話ではない。

湯島の屋敷が建ち並ぶ小さな路地から「あそこでさ」と蔵六が指差した先は、なんと、感九郎の生家だった。

その時は、ぐるぐると頭の中を渦が巻き、しゃがみこんでしまった。

用心深い蔵六に連れられて、何町も先の茶店でしばらく休み、ようやく人心地がついてみれば、「嫌な予感」にはきちんと根拠があることに気づいた。

久世の件を凸橋家に伝えたことを知った父親・伊之助が激怒したこと。

召し放ちを是とし、すぐさま勘当したこと。

さらに言えば、感九郎の家がかつては名家で、今は落ちぶれて家禄《かろく》が減っていること。

それにもかかわらず「格」にこだわり、大きな屋敷を維持しようとしていること。その全ては確かな証《あかし》ではないものの、もし「久世森羅とつながっている幕府仕えの武家が感九郎の父・黒瀬伊之助」であり、金が流れてきているなら、腑《ふ》に落ちることだった。

しかし、まさか、自分の巻き込まれた悪事の一端を担うのが身内、しかも実父であるとは考えもしなかった。

結局は話すにしろ、自分の気持ちをもう少し整理せねばならないし、それまではジュノたちに伝えるのは憚《はばか》られた。

心配げに眺めるジュノを見返し、感九郎は再び首を振った。

「……いえ、『仕組み』前で緊張しているだけです」

「そうか、それなら良いが」

怪訝《けげん》そうにするジュノの気をそらそうと話題を変えようとして、感九郎は首《こうべ》をめぐらせた。

「……ジュノはなぜ『仕組み』にこだわるのですか」

「ずいぶん突然だな。それがしは特にこだわってはおらんぞ……いや、嘘だ。こだわっているな。しかも相当にこだわっている」

今度は逆に感九郎がジュノの顔をしげしげと眺める番であった。

「聞かない方が良い話ですか」

「うん？……いや、かまわん。というよりこの話をしたほうがそれがしにとっては良いのだと思う」

ジュノはそこまで話してしばらく黙った。

感九郎が昏《くら》くなっていく川面《かわも》を眺めて待っていると、心地よい低い声が再び響きはじめた。

「たしかお主には親しい友がいるという話だったな」

「はい」

源太とは幼い時分からの仲である。

屋敷が隣同士ということもあり、長じてからも三日にあげず湯屋にさそわれて共に行くような間柄であった。

家格も剣術も立派な源太が、剣の腕も立たず、目立つことのない自分と仲良くしてくれることを不思議に感じたこともあったが、友というものはそういうこととは関係ないのだと思うようになってからは、ただひたすらその縁に感謝していた。

親しい友というのはいいものだ、と言いながらジュノは空を見上げた。

「……それがしは実はとある旗本の出身なのだ。しかも凸橋家と近しい家でな、三男坊であったから兄たちのように堅苦しくなく、自由に振る舞って生きてきた。今では家とは縁を切っているがのう」

「ジュノも勘当されたのですか」

「いや、それがしの場合はお主よりもたちが悪い。自分で飛び出したのだ……それがしは幼い頃より道場に通って剣術ばかりしていた。そうしたらみるみる剣技が身についてな、師匠との相性が良かったのか、それとも才があったのかわからぬが、とにかく楽しかった。世に出たら剣術指南で糊口《ここう》をしのごうかと思っていたほどだ。

道場で一緒に稽古《けいこ》していた友の中で、とくべつに親しくなった者がいてな、名を一郎太《いちろうた》といった。剣の風格も違う、人としての性質も違ったのだが、ずいぶんと仲が良かった。しかし、ある時に一郎太もそれがしも厄介ごとに巻き込まれてな……その結果……」

そこまで話すと、口をつぐんでしまった。

川の流れる音が沈黙を埋め、中途で話を終えたいのかと思えたその時、ジュノが再び喋《しゃべ》り出した。

「それがしが一郎太を斬ってしまったのだ」

「…………！」

感九郎は息を呑《の》んだ。

ちょうど夜闇が濃くなってくる時分で、ジュノの表情はうかがえない。

「もちろんそれがしは召し捕られたが、あろうことか一郎太が悪事に手を染めていたという話で、お咎《とが》めなしになった。その後、それがしは自失した日々を過ごしていたが、ある人から、一郎太が悪党の組織に騙《だま》されていたという話を聞かされた……その『ある人』というのが御前なのだ。ゆかりや関わりというものはまるでお主の操る糸のようだ。編まれ織られてさまざまな人生を結び付けていく」

その話しぶりはおだやかではあったが、悲しみに満ちているのが手に取るようにわかる。

ジュノは涙流さずして泣いていた。

「……御前は一郎太の親族で、わざわざ伝えに来てくれたのだ。しかし、それを聞いても気持ちは元に戻らなかった。そのうちに一郎太を騙した悪党どもを懲らしめたいと思うようになり、家を飛び出して御前を訪ねた。そもそもが家に代々伝わるお役目について父と考え方が合わずに窮屈な思いをしていたしな。そんな具合で今に至るのだ」

感九郎が何も言えずに黙っていると、ぽつりと付け加えるように低い声が響く。

「お主のもらった羽織は一郎太の着ていたものなのだ」

感九郎が目を見開くのを尻目《しりめ》に、ジュノはもう語らなかった。

川の流れる音と通りすがる人々の喧騒《けんそう》だけがやたらとはっきり聞こえる。

「なんだ貴様ら、しみったれた顔しやがって」

気づけば小風呂敷《こぶろしき》の包みを下げたコキリが戻ってきていた。

「青瓢箪《あおびょうたん》と詐欺師が雁首《がんくび》揃えてしょぼくれてるのは見てるだけで辛気臭えな。ほら、早く行くぞ。時間がねえ」

「お主は『待たせて申し訳ない』の一言もないのか」

いつもの雰囲気を纏《まと》い直したジュノが文句を言うのに、ああ、すまなかったすまなかった、と投げやりにコキリが言う。

二人を追って感九郎は歩き始めた。

背後で川の流れる音が遠ざかっていく。

第九章　感九郎、冷や汗をかく

その四半刻《しはんとき》ほどあと、感九郎は背負い箱の中にいた。
「さてこちらは安土桃山の時代に幻の一品と呼ばれた茶碗《ちゃわん》でございます……」
箱の外からジュノの口上が聞こえてくる。
膝《ひざ》を抱えてしゃがみこみ、できるだけ身を縮こめているので身体が固まってきた。
こうなると小太刀も置いてきた方がよかったのではないかと思うが、もう遅い。
処は不足庵屋敷の玄関先である。

少し前、感九郎たちは幾分離れたところにある料亭に入り、御前が借り上げてくれたその一間で「仕組み」の準備をしたのだった。
ジュノの持つ大きな背負い箱は中が二つに分かれており、その上部にはいくつもの茶碗が入っているが、下部は間が大きくとられていて、扉が外に開くようになっていた。

感九郎はそこに身を押し込めると扉を閉じて、開かぬよう内側で紐《ひも》を結んだ。

「よし、外から見ても全く分からねえ。オレはここで待機してるから後は頼んだぜ」

「クロウ、良い頃合いでそれがしが足を二回ふみ鳴らす。そのときに見つからぬよう外に出て茶室に忍び込め。茶道具の話はできるだけ引き延ばすが、なるべく早く戻ってきて、元どおり箱の中に入り込めよ」

二人の声が聞こえてくるのに応じると、箱が持ち上げられたようで、ぐらありぐらり、と揺れた。

そのあとは言わずもがな、不足庵屋敷に到着するとジュノが舌先三寸を駆使し、無事に中へと潜り込んだのであった。

まずは見つからぬようにこの背負い箱から外に出なくてはいけない。

もう日は落ちて昏《くら》くなっているし、見つかりにくいところへジュノが箱を下ろしてくれているだろうからそこまで心配はしていなかった。

あとは合図の足踏みを待つだけである。

耳をすましていると、ジュノの口上が聞こえてくる。

「さあ、こちらの茶碗のどこが幻の一品かと申し上げると、この袱紗《ふくさ》をかけますれば……エェイ！」

すでに茶道具の商いではなく、宴席の手妻芸以外なにものでもなくなっている。とにもかくにもジュノの気合いに合わせて、大きな足踏みが二回、どんどん、と鳴り響いた。

感九郎はまさに今だ、と外に出ようとしたが、扉を閉めた時に結んだ紐がほどけない。

あわてて結び目を見ようとするが、箱の中は真っ暗である。

「袱紗を取りますれば、先ほどまで青かった茶碗がなんと真っ白に！」

茶道具売りが商いをしているとは思えない歓声が上がっている。

不足庵たちはジュノの「茶道具売り」を喜んでいるようだが、こちらはそれどころではない。

こうなれば結び目を切ってしまえ、と脇差《わきざし》の小柄《こづか》を抜こうとすると、鞘《さや》にない。

思い出してみれば、小柄は失敗した飾り結びをほどくのに使った時に戻さず、墨長屋敷の自室に置きっぱなしである。

慌てても後の祭り、まごまごしているうちにまたジュノの口上が聞こえ始めた。

「さて、この茶碗は序の口もいいところ、まだまだ珍品、逸品、ピンキリのピンばかり揃えておりますれば、少々お待ちくださいませい！」

意気揚々とジュノがこちらへやってくる足音がしたので、背負い箱上部の引き出しが開けられるのを見計らって小声を出した。

「ジュノ……ジュノ、出られてないのだ」

「お主、まだいたのか」

ぎょっとしたように囁《ささや》き声が聞こえたが、流れを止めずに茶道具を出したり引き出しを閉めたりしているのはさすがである。

「扉の結び目がほどけない」

「なんと！　それがしはもう向こうへ行かねばならぬ。とにかく出ろ！」

とにかく出ろなどと言われても困ったものである。

頼りの小柄はない。

ジュノの足音が遠ざかるとふたたび茶道具の披露が始まった。

「さてさてこちらは明《みん》の茶碗でございます！　なんとこの茶碗、念じれば薄茶が湧き出るという珍品！　刮目《かつもく》してごろうじませい！……エェイ！」

大きな足踏みが二回、どんどん、と聞こえる。

やはり結び目はほどけない。

脇差を抜こうとしたが、狭い箱の中である。つかえてしまって抜ききれず、刃を結び目に押し付けようとしても鍔《つば》が邪魔で紐を切ることができない。

感九郎は頭を抱えた。

そのとき、小太刀の老師匠の声が脳裏に閃《ひらめ》いた。

「居合、抜刀の類《たぐい》は面白いものでな、普通に刀が抜けないような場所でも、型を遣えば抜けることがある。かつての達人は大太刀を長櫃《ながびつ》の中で抜いたそうな」

脳漿《のうしょう》の奥底から絞り出されたその話を疑う余裕もなかった。

箱の中で縮こまった姿勢をわずかに正して呼吸を整える。

——身体から力が抜けて、泥のようになる。

意識する間もなく、すん、と刃音がたった途端、柄が天井にぶつかって派手な音を立て、感九郎は青ざめた。

その刹那《せつな》、「エェイ！」というジュノの気合いと大きな足踏みがそれに重なる。

おかげで音に気づかれて誰かがやって来る様子もなく、胸を撫《な》で下ろした途端に驚いた。

結び目の紐が切れている。

小太刀は抜けきらずともその相手を斬っていたのだ。

老師匠はよく「大きく強く遣うことが『強さ』だとしているのは所詮《しょせん》は人の考えじゃ。小さいこと、弱いことも『強さ』であるのを知らねばならぬよ」と話してくれて、非力で剣才の薄い感九郎はそれを自分への慰めと受け取っていた。

存外、そうではないのかもしれぬ。

刀を「小さく弱く」遣う抜刀術「蚊遣り」の底知れぬ凄《すご》さに感心している感九郎を追い立てるように、ジュノの口上が聞こえてきた。

「さてさて、まだ湧いてきまするぞ……エェェェイ！」

それに続く足踏みに合わせ、感九郎は箱の扉を開けて忍び出ると、夜闇へと身を溶かした。

不足庵屋敷の敷地は広く、目当ての茶室は庭につくられた大きな池のほとりにあった。

その豪奢《ごうしゃ》なしつらえは侘《わ》び寂《さび》を感じさせるものではなく、忍んで近づき、にじり口があるのを見てはじめて、茶室であることが確信できたほどであった。

にじり口には掛け金がかかっていたので、水屋の方へ回ると灯《あか》りがついている。

中をうかがっても人の気配はなく、勝手口も開いていたのでこれ幸いと忍び込んだ。

明日《あした》の茶会の準備がされていたようで、いくつもの茶道具がきれいに並べられている。

その中、茶室の入り口近くの棚に、口を封じられた茶壺《ちゃつぼ》が一つ置かれていた。

ひときわ豪華なつくりで、むしろ悪趣味を感じさせる体ではあったが、おそらくはこの中に明日の茶会で使う葉茶が入っているのであろう。

感九郎は茶壺をおろし、茶室へと運んだ。

ここは暗いが、水屋からの灯りで不自由はない。

壺を畳に据え、その前に腰を下ろすと飾り結びをまじまじと眺めた。

その口紐までもが派手である。

真ん中を境に色が違っていて片側は青く、もう一方は赤く染められている。

おかげで見え方が派手なその結びは、真魚が教えてくれた「六文銭」の形である。

しかし、油断はならない。

そこには不足庵独自の組み方がいくつも隠されているに違いないのだ。

感九郎は重いため息をついた。

眺めていても仕方がない。その時間の分、ジュノが苦労をするだけである。

感九郎は懐から筆の入った矢立と懐紙をとりだして覚書を書きつけるのに備えた。

そうして一つ深く息をすると、壺の飾り結びに手を伸ばした。


しばらく後、感九郎の背は冷や汗にまみれていた。

箱を抜け出してからどれくらい経ったであろう。

ほんのわずかだろうか。それとも四半刻《しはんとき》も経ったのであろうか。

時々、母屋の方から気合いの掛け声や歓声が聞こえてくるから、まだジュノは間をもたせているのだろう。

しかし、それもいつまで続くかはわからない。

壺を開け、きちんと葉茶に眠り薬をまぶした。

再び封ずるのもうまくいった。

飾り結びはあと少しで組み上がるところではある。

しかし、最後のところで手が止まっていた。

元々の結びの組み方はしっかりと覚えながら書きつけたはずであった。

「六文銭」は左右に三つずつ、合計六つの円がぶら下がるように垂れている。

その左真ん中と右下だけ他とは逆の結い方であった。

それは元の通りになっている。

不足庵がしたであろう、元の飾り結びよりも綺麗《きれい》なくらいだ。

しかし、しかしである。

感九郎は困り果てたすえ、唸《うな》った。

悩んでいるのは、左上の円を結びおわり、壺口に巻きつける最後のところである。

その最後のところが赤い紐端《ひもはし》を上から絡ませるのか、青い紐端を上から絡ませるのか、懐紙の覚書に書いていないのである。

自分の手が「青が上」と覚えているような気もするが、定かではない。

赤か青か。

この一手を間違えてしまったら、他の全てが合っていたとしても台無しである。

また悪いことに紐端の両端が赤と青で色が分かれているから、この部分で間違うとえらく目立つのだ。

少なくとも不足庵にはわかるだろう。

感九郎の額を汗が流れ、顎《あご》をつたってぽとりと畳に落ちる。

——赤か青か。

その時、水屋の扉ががらりと開いたので、感九郎は壺を抱えてうずくまった。

「なんだよ、俺だってあの奇術を見たいってのになあ。明日の茶会を野点《のだて》に変えるなんて面倒ばかり言うぜ。茶なんぞ中で飲んでも外で飲んでも違わねえだろうになあ」

「無駄口叩《たた》いてねえで、言われた通りさっさと持って行こうぜ。そうすりゃまた見れんだからよ」

「違《ちげ》えねえ」

どうやら不足庵の屋敷の下男が二人ほど、茶道具を取りに来たようである。

箱に入った茶碗《ちゃわん》を行李《こうり》か何かに詰めていくような音が聞こえるしばらくの間、感九郎は固唾《かたず》を呑《の》んで縮こまっている。

ここで見つかれば一巻の終わりである。

しかし、あまり時間をかけるわけにもいかぬ。

早く結び終えて背負い箱の中に戻らなければ、ジュノの手妻にも限界があるだろう。

不安と焦りは増すばかりだが、結びをどうすれば良いのかまったく見当もつかない。

そのうちに、二人が物を持ち上げるような、よいせ、という掛け声が聞こえてきた。

「いいか、気をつけて運べよ。俺らじゃ決して弁償できねえような茶碗ばかりだからな」

「おう……あ、そういや茶壺も母屋の台所に持ってくるよう言われたんだ」

「そうだそうだ、しかたねえ、ゆっくりおろすぞ……おい、つっかえちまった、ちょっと待て」

感九郎は顔色を失った。

抱えている茶壺をいますぐ元の場所へ戻さねばならない。

赤か青か。

——ええい、ままよ
感九郎は腹を決めた。

青だろうが赤だろうが、いくら考えてもわからないものはわからないのだ。

どちらかに決めてしまおう。

その刹那《せつな》、脳裏をよぎったのは飾り結びを教えてくれた真魚の姿である。

その手には感九郎が組んだ下緒《さげお》を持っている。

下緒は藍《あい》で青く染まっていて、差し色で組み入れた赤い糸は真魚の手でよく見えない。

――よし、青だ

感九郎は青い紐端を上から絡ませて最後の結びを終えると、水屋をうかがった。

「おい、馬鹿！　傾けすぎだ！　茶碗が割れちまう！」

「そんなこと言ったって、引っかかっちまって……」

下男二人が入り口をふさぐように立ち往生している。

感九郎はここぞとばかり水屋に忍び入り、茶壺を静かに置く。

途端、下男の一人が声を上げた。

「おい、後ろを見ろ！」

感九郎は慌てて茶室に身を隠した。

姿を見られたのかも知れぬ。

脂汗が額から鼻筋を通り、ぽたり、と畳へと落ちるその音も大きく聞こえた。

「……あぶねえなあ、花入れを落とすところだったぞ」

「いや、すまねえすまねえ……ああ、やっと引っ掛かりが抜けやがった。よし、ゆっくりおろせよ、壺を持ってくるからな」

そうやりとりする声に続いて、茶壺《ちゃつぼ》を何かに包んで行李の中へと入れるらしい音が聞こえてきた。

掛け声と共に下男たちが去ってやっと、感九郎は胸を撫《な》で下ろした。

気がつけば長着はぐっしょりと汗で濡《ぬ》れている。

ふらつきながら立ち上がり、勝手口から出ると、感九郎は歓声が沸き起こる玄関口まで忍びよっていった。


「いや、それがしの手妻がやたらと受けてな」

ジュノは上機嫌である。

処はコキリの待つ料亭、刻《とき》は茶葉に眠り薬をまぶしてからもう一刻近くが過ぎている。

感九郎は脂汗を流し尽くすほどの思いをした後に戻った背負い箱の中で、半刻以上窮屈な思いをしたのだった。

この座敷に到着し、箱から出る時には這《は》うのがやっとで、そのまま仰向《あおむ》けに倒れ伏したほどであった。

「あんまり遅えから心配したぞ。きちんと薬は茶壺に入れてきたんだろうな」

コキリの問いに、感九郎が消え入りそうな声を出す。

「入れるには入れたのですが……結びの最後の部分が曖昧《あいまい》になってしまいました。元とは違うように結んでしまったかも知れない。申し訳ない」

てっきり怒鳴られるかと思っていたのだが、コキリはジュノと顔を見合わせると肩をすくめただけだった。

「貴様がやってそうだったなら仕方ねえ。オレでもジュノでもできなかったろうよ。明日《あした》なんかあったらその場でなんとかすりゃいいんだ。二の手、三の手は筋書きに組み込んであるから心配するな。現場ってのはそういうものだ」

すると、ジュノがにやりと笑った。

「気にするな、すでに予定は変更だ。それがしも茶会に呼ばれた」

「なんだと」

「不足庵がそれがしの芸を気に入ってな。茶会で披露しろと」

感九郎が背負い箱に入ってから、確かにそのような話がされていた。

コキリがあからさまに不機嫌になる。

「そんなこと言ったって、茶室に入る人数にも限度ってものがあるだろうがよ」

「どうやら野点にするらしい。あと、それがしは客ではなく、主人側だそうだ」

「なんだって！　野点じゃあ久世たちが眠り始めるのがばれちまうじゃねえか。十中八九、屋敷には用心棒がいるぞ。滅茶苦茶《めちゃちゃ》じゃねえか、どうすんだよ」

「どうもこうも、明日は即興『仕組み』ということだな。楽しみだのう。天才戯作《げさく》者コキリ様の腕前を見せてもらうぞ」

コキリが、畜生、と悪態をつくのに、ジュノがにやりと笑って片眉《かたまゆ》を上げた。

感九郎は二人の舌戦を聞きながら目を閉じる。

明日がどうであれ、今はとにかく休みたい。


不足庵が、ぽんぽん、と手を打った。

「さてそれではおいでになりました皆様、懐石を召し上がっている間、拙は茶の用意をさせていただきますよ」

下男が二人、粛々と重箱を皆の前に配りはじめた。

不足庵は二十代半ばの丸々と肥えた男で、思っていたよりも若かった。

十徳に頭巾《ずきん》の風体ではあるが、「茶人然とした」と言うにはあまりに福々しい。

福々しさも度を超えているので、むしろどこか胡散《うさん》臭さを感じさせる。

雲一つなく晴れたなか、不足庵屋敷の庭園で茶会が始まろうとしていた。

吹いてくる風も心地よい。

池のほとりに大きな傘を何本も立て、緋毛氈《ひもうせん》を敷き、そのうえに感九郎たちは案内されていた。

正客の位置に凸橋家の長老、下野総徳。

痩《や》せてはいるが、忠臣の風格を備えた老武家である。

次客に蘭方医《らんぽうい》、久世森羅である。

とうとうその姿を目にすることになったか、と感九郎は思った。

自分の召し放ちや勘当のもとがこの男だと思うと、普段はあまり感情的にならぬ感九郎の胸にもふつふつと怒りが沸き上がってくる。

久世は濃茶色に染まった羽織を着込んだ五十がらみの総髪の男で、体格的には中肉中背ではあるが、眉間《みけん》の黒子《ほくろ》が印象的であった。

線のように細い狐目からは感情を読み取ることができない。

そのせいかどこか謎めいていて、胡散臭く感じるのは感九郎の先入観だろうか。

否、慈平や蔵六を始め、江戸に住む多くの町人がこの医者に騙《だま》されているのだ。

眺めていると久世がこちらを向いたので、感九郎は慌てて畏《かしこま》って頭を下げた。

う。

その次に「駿河凸橋家の霧姫」、つまりコキリが座っている。美姫に見えるのはもちろん顔貌《がんぼう》も良いのだろうが、扮装《ふんそう》を担当した者の手腕だろう。

桜色の着物を身に纏《まと》い、品の良い簪《かんざし》をつけている。

不足庵屋敷を訪れた際に「霧姫」は不足庵から正客の扱いをされたのだが、霧姫が「駿河が凸橋家でありましたのは過去のことにございます。世を忍ぶ身でございます故、私どもは末席にて」と譲らず、このような席順になったのはコキリの考えなのだろう。

その小さな頭の中の脳髄がどれだけの「仕組み」の手を考えているのか計り知れないが、気になるのは不足庵屋敷に来てからの「霧姫」の演技である。

物腰も普段からは考えられない様子で、見る者に「将軍家ゆかりの没落した姫」と思わせるに足る振る舞いをしているのだが、何かというと心ここに在らずといった風になる。

それがまた「零落した家の姫」らしくもあるのだが、お付きの爺《じい》や役をやらねばならぬ感九郎は気が気ではない。

末席に座り、冷や汗をかきながらうまく立ち回らねばならないのだ。

扮装を施してくれた者の腕が見事で、白髪まじりに紋なしの裃《かみしも》姿という、側仕《そばづか》え然とした風体に仕立ててもらったのであるが、汗でその化粧が落ちてしまわないかと心配である。

おかげで、重箱の蓋《ふた》を開けて贅《ぜい》を尽くした料理を見ても食指が動かない。

鯛《たい》や平目などの刺身が並び、その隣には野鳥の肉らしい焼き物が盛り付けられている。

水菓子に至っては見たこともない色形をしたもので、どうやら舶来の干し果実らしい。

皆が料理に手をつけ始めると、茶席から少し離れた場所に石臼《いしうす》が据えられ、その前に不足庵がどっしりと座る。

その脇に件《くだん》の茶壺があるのを見て、感九郎は固唾《かたず》を呑んだ。

はたして、自分の結びは不足庵を欺けるのだろうか。

さて、と呟《つぶや》いて壺の口緒に手を伸ばした不足庵がその手を止めた。

感九郎の身体に戦慄《せんりつ》が走った。

不足庵は、茶壺をゆっくりと持ち上げ、飾り結びをしげしげと眺めている。

「これは……はて……」

角度を変え、顔を近づけたり遠のけたりしてつぶさに検分しつづける不足庵に久世森羅が怪訝《けげん》そうに声をかけた。

「どうしたのだ、不足庵」

「いえ、結びが……」

「結びがどうかしたのか」

久世の声が苛立《いらだ》っているように甲高くなる。

感九郎の冷や汗は倍増した。

いけない。

自分の結びが間違っていたのに違いない。

地獄の閻魔《えんま》様の前に引き出されたような気分だ。

コキリの方をうかがってみれば、久世の方を見ていてその表情は見えない。

緊張で視野が狭くなってぼやけはじめる。耳鳴りもする。

これでは本当の「爺や」である。

その途端、不足庵の間の抜けたような声が響いた。

「この結びがよくできているのです」

「よくできている？」

「拙の師匠の結びそっくりなのです！　壺《つぼ》の飾り結び一つに格があらわれるのがこの世界。拙も茶人としてまた一皮剝《む》けたようでございますぞ。いや重畳、重畳！」

感九郎はどっ、と弛緩《しかん》した。

自分の肩をどしりと重く感じて、うなだれた。

久世が、ふん、と鼻で笑うのが聞こえる。

感九郎はうつむいたまま重箱に箸《はし》を伸ばすが、味もわからない。

そのうちに、ぐわらぐわら、と音がするので顔を上げれば、不足庵が石臼を回して葉茶を挽《ひ》いている。

その脇に飾り結びがとかれ、口切した茶壺が置いてあるのを見て、感九郎は深く安心した。

どうやら自分の仕事はことなきを得たようで、感九郎は胸を撫《な》で下ろし、懐石を食べ進めた。

不意に、正客席からこちらを向くようにして、下野総徳が声を上げる。

「霧姫様におかれましては、茶の湯はずいぶんと嗜《たしな》まれてこられたのではないかとお見受けいたしますが、茶道具のお好みなどはどのようなものですか」

その場にいた全員の視線がコキリに注がれた。

肝心の本人は、箸も動かさず、心ここにあらずといった風である。

感九郎が声を潜めて「姫様、姫様」と声をかけると、我に返ったように「この料理はずいぶんと奢《おご》っておりますねえ」と声をあげる。

慌てて感九郎が身を乗り出す。

「霧姫様の好みは……そうですな……その……あ、そうそう、織部《おりべ》焼などはお好きでございますな」

間髪を容《い》れずに久世が、ほう、と息を漏らした。

「侘《わ》びに面白味を重ねるあの気風は私も好みでございます。なるほど、その境地からするとこの懐石はいささか奢りすぎかもしれませんな」

久世は不足庵に話を振るようにかぶりを傾けたが、肝心の不足庵は茶臼《ちゃうす》の音でよく聞こえないらしく「お褒めいただくとはありがたい限りでございまする」などと頓珍漢《とんちんかん》なことを言っている。

続けてコキリが甲高い声を上げた。

「料理は少々贅沢《ぜいたく》じゃが、趣向を凝らしたこの茶席、わらわは好みじゃ。これ、爺、わらわが茶を点《た》てると皆は喜ぶと思うが、どうだ？」

「は……姫様が茶を……しかし、本日は不足庵様の仕立てた茶席でございます。いささか失礼かと存……痛っ！」

　感九郎がもごもご答えるその太ももを、コキリが箸で突《つっ》いた。

「もう一度聞くぞ、爺。お主の知る通り、わらわは茶の湯に目が無い。凸橋家の血を引くわらわが茶を点てれば皆は喜ぶであろう？　どうだ？」

　般若《はんにゃ》のような顔をして突き立てた箸をぐりぐりと回しているから、どうだもこうだもない。

　いたしかたなく感九郎は重箱を脇に寄せ、前に出ると深く頭を下げた。

「……招待されました皆様、そして不足庵様には大変失礼かとは存じますが、霧姫様におかれましては、ぜひ皆様の喫せられるお茶を点ててさしあげたく存じあげる次第……」

「それはそれはなんともったいないお言葉。この久世森羅、恐縮しております。これ、不足庵」

　久世森羅が大きく声をかけるのに、不足庵は茶臼を動かす手を止めた。

「なんでございましょう」

「畏《おそ》れ多くも霧姫様御自らがお茶を点てられたいとおっしゃっておられる」

「それはそれは……実は本日は拙が目をつけました茶道具屋を呼んでございまし

て」

「なんと、そんな趣向があるのか。聞いていないぞ」

「面白い者なので、これも一期一会の巡り合わせと存じまして、私の手助けをするように申しつけました次第で」

「この茶会の半東《はんとう》というわけか。まあよいだろう。その割には姿が見えないが」

「はっ、ただいま参りまする。これ、これ、お客様の前に参るがよい」

不足庵が、ぽんぽん、と手を叩《たた》くと母屋の方から妙な髷《まげ》を結った巨軀《きょく》の男がゆっくりと現れた。

もちろんジュノである。

珍しく羽織袴《はかま》姿であるが、紋の入るべきところに「寿」と入っている。

このような変な衣装をどこから調達してくるのだろうかと不思議になる。

ジュノは不敵な笑みを口端に浮かべ、緋毛氈《ひもうせん》に座ると深々と礼をした。

不足庵がその隣にやってくる。

「……皆様、こちらが私が是非皆様にご紹介したいと本日呼びつけました茶道具屋の……お主も道具を売るくらいだから茶の湯をたしなむのだろう？　茶名はなんという？」

「茶名？」

ジュノは不足庵の方を向いて目と口とを大きく見開いた。

「茶名だ。拙ならば宗金《そうきん》、通称『不足庵』。なければ屋号でも良いぞ」

「ああ、茶名、屋号ね。持ってます持ってます。もちろんです……ええと、それがしは寿……いや……あ、そうそう、長寿庵と申します」

長寿庵では蕎麦《そば》屋である。

感九郎は頭を抱えた。

下野は、ほう、と嘆息をついて声を上げた。

「失礼ながらお点前《てまえ》の流派はどちらですかな」

「流派……千家《せんけ》でございます」

「ほう、千家。表でしょうか裏でしょうか？」

「両方でございます。これぞ表裏一体」

「なんと！」

「下野様、この長寿庵は面白い茶器を持っているのです」

不足庵が水を向けると、ジュノは箱から茶碗《ちゃわん》を取り出《いだ》した。

「さて、お集まりの皆々様、取り出しましたるこの茶碗、処は明の崑崙《こんろん》山にて修行していた仙人がその秘術を用いまして焼いたと言われる一品でございます。時は安土桃山、はるばるとやってきたこの茶器は第六天魔王織田信長公の手に渡り、その後行方が分からなくなっておりましたが、実際には、信長公の恨みを吸い取り、あやかしの器と成り果てたとのお話で御祓《おはらい》、祈禱《きとう》の類《たぐい》を受けるため全国の名社名刹《めいさつ》をたらい回しの憂き目に遭い、結果、妖力《ようりょく》は弱まったものの、いまだに不可思議なことが起こります故、とある神社に納められておりましたのが発見されてからは、その不思議な様子から『まろび青』と呼ばれております。さあさあこの『まろび青』、ごろうじくだされば幸いにございます」

その口上はさすがに立て板に水。

茶碗より何より喋《しゃべ》りに妖力が宿ったかのようである。

その場に居合わせた皆が、そして感九郎までもが、何も言わずにジュノの取り出した茶碗に注目していた。

両手で高々と天に差し上げられた茶器は小ぶりの楽茶碗《らくぢゃわん》で暗い青に染まっていたが、陽の光に当てられて、細かいところまではわからない。

ジュノはそのままゆったりと立ち上がると、次には小走りで正客席へ向かい、気を飲まれたように茶碗を見上げている下野総徳へ茶碗を差し出した。

下野が呆《ほう》けたように両手を差し出すのへ、静かに「まろび青」が置かれる。

「さて、この『まろび青』、形、色ともに侘《わ》びのきいた良き茶碗ではございますが……このようにいったん光を閉ざしますと」

ジュノはすかさず、茶碗を覗《のぞ》き込んだり透かしたりしている下野の両手ごと、懐から取り出したえらく大振りの袱紗《ふくさ》で包んでしまうと、「エェェイ！」と気合いをかけた。

「……さあ、とくとごろうじませい！」

そう言いながら袱紗をゆっくりと取り去ったのを見て、感九郎は思わず声を上げてしまった。

否、感九郎だけではない。

下野は目を剝《む》き、久世森羅は唸《うな》り声をあげていた。

袱紗の下から現れたのは、なんと白い茶碗である。

姿形は全く同じ、骨のように白い茶碗のそこここが煤《すす》がかかったように黒くなっている。

「この『まろび青』、光を閉ざすと白くなりますのは、本能寺《ほんのうじ》で骨に灰に燃え尽きた信長公の恨みのせい、そしてそこここに黒くなっておりますのは、燃え上がる本能寺の煠であると伝わっております」

追い討ちをかけるようにジュノの舌が冴《さ》え渡るのに皆、聞き惚《ほ》れている。

突如、コキリが立ち上がった。

「嗚呼《ああ》、なんという茶碗！」

その叫びは悲しみに満ちている。

「明智《あけち》光秀《みつひで》に討たれた信長公の恨み……一代にて将軍家を追われ、お家を断絶された駿河凸橋家の無念に重なりまする！　ぜひともわらわがその『まろび青』にて茶を点《た》てたなら、凸橋家の供養となるにちがいありませぬ！　爺《じい》、どう思うか！」

こちらを振り向いた。「霧姫」は泣いている。

駿河凸橋家につもりつもった恨みがその涙に溶かし込まれている。

感九郎もまさにそれがよいと思い、「仰せの通りでございます」とゆっくり頷《うなず》き、そうしてから我に返った。

知らぬ間に、心から自分が「霧姫お付きの爺や」になっている。

そして感服した。

げに恐ろしきは戯作《げさく》者の「物語に入り込む力」である。

コキリは自分の作り上げた「仕組み」の筋に自ら入り込み「霧姫」になり切って

いる。

そして、そこから「物語」を強く放っているものだから、それに中《あ》てられてしまって感九郎まで「爺や」になってしまった。

さらに同じく、ジュノの手妻披露も恐るべき術。

口上から手妻、それらを拍子よく見せる呼吸から緩急をつけた振る舞いまでがまるで幻術のようで、その場にいる者の目が引きつけられている。

結果、二人の異能が茶会の場を制圧していた。

感九郎は流れを断ち切らぬよう、ずい、と前に出て平伏した。

「遅ればせながら、霧姫様のおっしゃいますこと、この爺めもその通りかと存じ上げる次第にございます。下野様をはじめ、不足庵様、久世様にも甚だ失礼かと存じますが、霧姫様のお点前をお許しくださること、叶《かな》いますでしょうか。また、長寿庵様におかれましては、このような素晴らしき茶器をご披露くださり感謝の念しかございませぬ。これ以上のお願いが無礼でありますことは承知しておりますが、霧姫様のお点前に『まろび青』を使わせていただき、駿河凸橋家の血に染み付く業が晴れますれば、これ以上の喜びはございません。この老耄《おいぼれ》の生きましたる最後の願いと思い、お聞き届けいただけましたら幸いでございまする」

感九郎は自分の口から淀《よど》みなく言葉が出てくることに驚いた。

まるで自分ではなく、「霧姫」に棲《す》まう駿河凸橋家の因縁が感九郎にも憑依《ひょうい》して、それが言葉を紡いでいる感がある。

否、むしろ本当にそうなのかも知れぬ。

鋭敏になった感九郎の感覚がそう告げている。

「霧姫」の無念、否、コキリの無念が感九郎には手に取るようにわかった。

しかしこれは駿河凸橋家の因縁などではない。

自身の巻き込まれた数奇な運命についての、コキリの無念である。

「仕組み」の筋書きは、物語は、その無念から放射されているのだ。

コキリはその無念を元に、「霧姫」になっているのだ。

不意に、下野総徳の声が響いた。

「どうでしょう。不足庵様のお点前もぜひ拝見したきところですが、それはまた日を改めていただくことにして、本日は霧姫様のお点前をいただきたく」

感九郎が顔を上げると、下野の目は潤んでいる。

やはり、コキリの「物語」に巻き込まれている。

久世森羅も何回もうなずいている。

「私もそれが良いと思うぞ」

ジュノが立ち上がり、低い、心地よい声をゆっくりと響かせた。

「委細は知らぬが、それがしの『まろび青』でしたらいくらでもお貸し申すぞ」

それを聞いた不足庵も感極まっている。

「承知いたしました。下野様に拙のお点前《てまえ》で茶を喫していただきたい気持ちはありますが、そういうことでしたら霧姫様にぜひお茶を点てていただきたく……お客様方の食事がお済みになりましたぞ」

不足庵が手を叩《たた》くと、二人の下男が重箱を下げにやってきた。

同時に風炉《ふろ》が置かれ、点前座がしつらえられる。

コキリが招かれてそこへ座り、辺りを見回した。

「駿河凸橋家の供養をこめて、こちらの屋敷においでの方全てに茶を点てとうございまする」

「もったいなきお言葉……本日屋敷にはこの下男どもの他に、あと二人おりますが、不調法ながらそちらはご遠慮させていただきたく存じます」

不足庵が指示を出し、懐石の片付けとともに下男たちが自分たち用に簡素な席をつくりはじめる。

感九郎は「あと二人」が気になった。

久世たちが身を守るために母屋に待機させている用心棒だろう。

この下男たちも悪党どもの身内であろうし、おそらくは「あと二人」は腕の立つ者に違いない。

はたしてコキリはどうするつもりなのだろうか、澄ました顔をして茶道具を確かめている。

その手つきが慣れているのが、感九郎には意外であった。

不足庵が感九郎の隣に座り「霧姫様は茶の湯を随分と嗜《たしな》まれているようですな」と声をかけてきたので、深くうなずいて何も言わなかった。

近くで見られると自分の扮装《ふんそう》が悟られはしないかと心配である。

そのうちにコキリが菓子盆を手に声を上げた。

「正客の下野様には失礼を重ねてしまい大変申し訳ございませんが、駿河凸橋家の供養として、まずは爺やから喫させていただきたく」

感九郎の背すじが緊張した。

飲むのか、眠り薬を。

菓子盆が差し出される。

誰も何も言わない。

ひょっとして茶を点てる者が変わったので、その身内がまず飲んで「毒入り」ではない証《あかし》を立てるということなのだろうか。

真魚の言葉が脳裏を過《よ》ぎる。

——茶の湯には、裏をみれば人の生き死にが関わっているのです
茶を飲んで眠ってしまえば、後のことはわからない。

もしジュノとコキリが失敗したら、自分はどうなるのだろうか。

感九郎の身体がしびれたように冷たくなる。

「これ、爺や」

コキリの声にわずかに圧を感じる。

他の皆がこちらをじっと見る、その視線が突き刺さってくるようだ。

ここで茶を飲まねばならぬのだろう。

——ええい、ままよ！

こうなれば「爺や」になりきってやるだけである。

感九郎は一つかぶりを振って、姿勢を正した。

「いやいや、皆様がた、駿河凸橋家の供養にお付き合いいただき、誠にありがとう

ございます。一介の側仕《そばづか》えたる私などが何を申し上げましても皆様への感謝にかえられませぬが、このような機会をいただきましたこと、一生で一番の喜びにございます」

そう言い放つと懐紙を取り出して菓子盆から落雁《らくがん》を二つ取り分けた。

それを無理やり喉《のど》の奥へ押し込むと、今度は皆の視線がコキリに注がれる。

袱紗《ふくさ》をさばき、茶杓《ちゃしゃく》で抹茶をすくい、柄杓《ひしゃく》を釜《かま》へと差し入れるその一挙手一投足を、下野総徳が、久世森羅が、不足庵がまじまじと眺めていた。

茶臼《ちゃうす》を片付けたり、茶器を運んだりするジュノにも同じように視線が注がれている。

茶筅《ちゃせん》が茶碗《ちゃわん》を擦る音が鳴るのが、感九郎にはずいぶんと長く聞こえた。

風が吹いてくるも、緊張していて気持ち良いかどうかもわからない。

気づかぬうちに茶筅の音は止んでいて、白いままの茶碗「まろび青」が目の前に置かれている。

緊張を悟られぬようにゆっくりと手を伸ばそうとすると「あいや、待たれい」とジュノの声が響いた。

そのままやってくると、薄茶が入った「まろび青」に大振りの袱紗をかぶせて口上が始まる。

「これはこれは、茶碗に染みつきましたる織田信長公の恨みがわずかに晴れた様子でございます。皆々様方、とくとごろうじませい！……エェェイ！」

そう言うが早いか袱紗を翻すと、緋毛氈《ひもうせん》の上の「まろび青」が見事な青に染まっている。

皆の目が見開かれた。

感九郎も自分の目の前でおこったその変化《へんげ》ぶりに呆気《あっけ》に取られた。

ジュノの手妻と分かっていても驚くばかりである。

「はてさて何卒《なにとぞ》ご供養になりますことお祈り申し上げます！」

ジュノが大袈裟《おおげさ》に平伏するのに、感九郎は我に返って、ごくり、と唾《つば》を飲み込んだ。

ゆっくりと手を差し伸べて茶碗を持ち、口元に運ぶ。

この緑色の液体の中に、昨夜《ゆうべ》、自分の混ぜた舶来の強い眠り薬が入っているのだ。

感九郎は目を瞑《つぶ》って口をつけた。

三回に分けて茶を飲み干し、ずず、と啜《すす》り上げて、茶碗を元に戻す。

苦味が強かったが、それが眠り薬のせいであるのかはわからない。

すぐさま、コキリが茶碗を取り、次の点前を手際良くはじめた。

「まろび青」が主人席と客席の間を往来する。

下野総徳が飲む、久世森羅が飲む、不足庵が茶を飲む。

下男二人も茶を飲み干した。

果たして、眠り薬は効くのだろうか。

眠気はまだこない。

「皆様方。駿河凸橋家の供養とはいえ、我儘《わがまま》を通しましたこと、お詫《わ》び申し上げます」

コキリが深々と頭を下げる。

「更なる我儘で申し訳ないのですが、この『まろび青』にてわらわ自身が茶を飲み、供養の結びにかえたいと存じまする」

そう言って、手早く茶を点《た》てる。

感九郎は驚愕《きょうがく》した。

コキリも眠ってしまうのか。

いったいこの「仕組み」はどういう筋書きなのだ。

今度はジュノが立ち上がった。

「おお、なんということ。『まろび青』が駿河凸橋家の無念に呼応しておりますぞ……エェエェイ！」

気合い一閃《いっせん》、手にした袱紗で茶碗を覆って翻すと、こんどはまたわずかに焦げついたような色味の白い茶碗に戻った。

もうすでに驚きもない。

ジュノの手妻を知りながら、心のどこかで「言葉の通りなのかな」などと思っている。

コキリは茶碗をゆっくりと持ち上げ、茶を飲んだ。

ジュノが刮目《かつもく》してそれを眺めている。

感九郎もそれを見ながら、眠り薬が効くにはそろそろかもしれない、と思い、自らの身を案じた。

自分は生き延びて目覚めることができるのだろうか。

その時である。

何の前触れもなかった。

下野総徳が座したまま、ぱたり、と倒れた。

慌てて久世森羅が立ち上がり、そのままふらついて、やはり倒れ伏した。

不足庵が大声を上げる。
「どうされたのか！　下野様！　久世さ……」
そのままバタリと倒れ込む。
見れば下男二人もいつの間にか眠っていた。
死んだかのようだから、あたかも地獄絵図である。
舶来の眠り薬、恐るべし。
しかし、なぜ、なぜなのか。
感九郎は混乱した。
なぜ自分は眠りに落ちないのだ。
その時、コキリが素早く立ち上がると、久世森羅に走り寄った。
確かに、無駄なことを考えずに久世の持つ蔵の鍵《かぎ》を奪うのが先である。
「ふざけんじゃねえ！」
そう叫ぶや否や、あろうことか、眠っている久世の頭を蹴飛《けと》ばした。
何をやっているのだ。
久世が町人を騙《だま》している悪党だとはいっても、その暴力はどこかちぐはぐである。
慌ててジュノがはがいじめにする。

「お主、何をやっている！」

「うるせえ！　こいつだよ！　オレに人魚の肉を食わせやがったのは！　生きてやがったんだ……まさか久世がこいつだったとは思わなかったぜ！」

感九郎は目を見開いた。

まさかである。

コキリは鬼気迫る勢いで叫んでいる。

「離せ！　離せよ！　ここで会ったが百年めぇ……むぅ」

コキリは宙吊《ちゅうづ》りにされたままもがいていたが、ひと唸《うな》りするとその身を、だらり、と壊れた文楽人形のように垂れ下げた。

「眠っちまったのう……」

ジュノがコキリの身を静かに緋毛氈の上に横たえさせ、肩をすくめた。

感九郎はそれを見ながら声を上げた。

「なぜ……なぜ私は眠らないのですか」

「うん？……ああ、お主の茶はそれがしがすり替えた。『まろび青』が青くなったろう？　あれは色が変わったのではなく、手妻で別の茶碗《ちゃわん》とすり替えたのだ。そちらの茶碗には眠り薬の入ってない茶をそれがしが密《ひそ》かに点てておいた。皆の目がお主とコキリに集中していた時に、ちょちょいとやっておいたのだ。まったくの即興だが、すり替えられてよかったぞ……しかし、こいつまで茶を飲むとは思わなかったのう。やめさせられればよかったのだが」

感九郎はジュノの手妻に改めて舌を巻いた。

目の前で披露されたとしてもあそこまでわからないとは。

「久世がコキリに人魚の肉を食わせた者……いったいどういうことなのでしょうか」

「むう……それがしにもわからぬ……いささか信じられんが、この野郎も不老不死ということなのか、それとも妄想はなはだしいのか」

寿之丞は怪訝《けげん》そうに腕組みをする。

感九郎がコキリの顔の近くで耳をそばだてると、寝息が聞こえてくる。

安心した途端、今度は剣呑《けんのん》なことに気づいた。

「ジュノ！　ここの母屋に不足庵たちの用心棒がいるのだろう！　このままではまずい」

「ん？　ああ、抜かりはない。母屋の者たちには同じ薬を一服もっておいた。今ごろあちらも眠っているはずだ。それよりさっさと蔵の鍵を手に入れよう。それがしは不足庵の懐を探る。クロウは久世を頼む」

手際の良さに感九郎はかぶりを振った。

あたりはやたらと静かである。

それまでの緊張のせいか、少し胸苦しさを感じる。

そより、と吹く風が感九郎の肌を撫《な》でて、その感触がいままで感じたことのないほど繊細である。

久世森羅に近づこうと歩き出すのにも、自らの身体がこんなにも重かったのかと思えるほどである。

腕が胸の真ん中からぶら下がる感じがして、それが妙である。

まるで水の中をいくように一歩ずつ進み、久世の傍にしゃがみ込む。

顔の皺《しわ》を見ればやはり齢《よわい》五十ほどに見えるが、そのわりには肌に艶《つや》があるのは人魚の肉を食べたからなのだろうか。

身に纏《まと》う着物は生地も仕立ても一等品である。

品の良い香りまでたちのぼり、感九郎の鼻をくすぐる。

白檀《びゃくだん》か、と呟《つぶや》く。

この男が久世森羅か。

この男が偽の〈阿蘭丹〉で江戸の町人を騙しているのか。
この男が慈平を、蔵六を騙しているのか。
そして、この男が、自分の召し放ちの、勘当の原因なのか。
さらにどうやらコキリとも因縁があるらしい。
感九郎は深く息をつくと、手を伸ばして伏せている久世の体を返そうと持ち上げた。
緋毛氈《ひもうせん》に久世の影が映っている。
その刹那《せつな》、不意を打たれた。
久世の影の胸の部分がほどけ、糸のように絡んでいる。
そして、それを隠すようにまとめて結んでいる。
途端、真魚の言葉が脳裏をよぎった。
――「結び」は「鍵」なのです
感九郎の呼吸が浅くなった。
久世森羅は自らの胸に鍵をかけているのだ。
いったいそこには何があるのか。
「鍵」で守っているその向こう側には、久世の大事なものがあるに違いない。

覚えず、感九郎の手が伸びる。

すぐ我に返ったが、時すでに遅し、その一瞬の隙に感九郎の手の影が久世の「影の結び目」にかかっている。

途端、それがするりとほどけてしまう。

あっ、と思う間もなく、久世の記憶が爆風のように流れ込んでくる。

その記憶の渦のなかへ、感九郎は埋没した。

＊＊＊

「先生のおかげでさあ。ありがてえ、ありがてえ」

そう言われ、視野の下から、にょきり、と出ている腕を持ち上げて手を横に振る。

その腕は久世のものである。

自分は久世になっている。

私は久世なのだ。

なぜだかそれはわかる。

拝むようにその手を摑《つか》んで泣きはじめたのは、誰かは知らぬが年老いた女である。

ぼろけた野良着を着ている。

泣いている。

私に感謝している。

「よいのです。医は仁術、皆さんのためにあります。それにお孫さんが助かったのは私のおかげではありません。お孫さん自身がもつ力ですよ」

口から出る穏やかな声は感九郎のものではない。

これはやはり久世の声だ。

年老いた女は首を振って久世の手をさらに高く差し上げて拝む。

「先生みたいな医者はいねえ。わしらみてえに金なしの相手してくれるのは。本当にありがてえ」

＊＊＊

「なぜそんなことをさせたのです！」

私は怒っている。

自分の助けた子供がまた病み臥《ふ》してしまった。

せっかく回復したところを無理して畑仕事をさせ続けたせいである。

「……わしらみてえな金なしは働かねば生きていけんで」

年老いた女はきまり悪そうに目を合わせない。

「それに……もし困ったらまた先生が助けてくれると思うた」

私はかぶりを振った。

この者たちはいくら説明しても理解しない。

医者が、薬が人を助けているのではない。

患者の体が自分で回復するきっかけをあたえるだけなのだ。

老女はすがるように久世の腕をとった。

「先生なら助けてくれる。先生はわしら金なしの味方だもんな」

息が詰まった。

もう自分にも金がないのだ。

医者として稼いでも、貧しい者への救済でみるみるうちになくなってしまう。

自分の飲み食いを削る有り様である。

私が答えないので老女の目が睨《ね》めつけるようになる。

「先生？」

私は絶望した。

＊＊＊

「先生のおかげでさあ」

目の鋭い男が座っていて、その前に金が積まれている。

男は「組織」の者だ。

金が必要になって「組織」に入ることにした。

自分の医術を使って金を生み出すのがうまいからだった。

まず、金が必要なのだ。

貧しい者を助けるにはもちろん、その者たちに学をつけさせることが肝要であるから、その施設も作らねばならぬ。

そこで働く者も雇わねばならぬ。

金が必要なのだ。

男は私にずいぶんな額の金を渡すと、手を叩《たた》いた。

いくつもの膳《ぜん》が運ばれてくる。

豪勢な料理である。

酌をする女もやってくる。

まず、金が必要なのだ……

＊＊＊

「……おい！……クロウ！　おい！」

どこか遠くから名を呼ばれているような感じがする。

世界が揺れている。

地震だろうか。

……否、肩を揺さぶられている。

「おい、クロウ、どうしたのだ！」

我に返れば、ジュノに肩を摑まれて揺さぶられている。

答えようとして息を吸い、感九郎は咳《せ》き込んだ。

久世の記憶にすっかりあてられている。

「おい、大丈夫か？」

心配げに背をさするジュノにうなずき、なんども深く呼吸した。

まだ久世の記憶が感九郎を揺さぶっているような感じである。

「お主には今回、ずいぶん仕事させたからのう……むう、無い！　無いぞ！」

「無い？」

ジュノは久世の懐や袂《たもと》を何度もまさぐっている。

「蔵の鍵《かぎ》だ。不足庵のは見つけたが、久世は持っておらん。まずいぞ……のわあ！」

突如、ジュノの体が蹴《け》り飛ばされた。

何事かと顔をあげれば、吹き飛んだジュノに抜身の太刀を突きつけているのは、一人の浪人である。

見る者が目を疑うほどの美しい風貌《ふうぼう》。

毛穴から陰が滲《にじ》み出んばかりの暗い佇《たたず》まい。

寒色の長着を着流したその風体。

見間違うはずもない。

それは卍次だった。

「おかしいと思えば、やはり貴様らだったか」

刀を突き付けたまま抑揚のない冷たい声を発する。

「天口は怯《おび》えていたが、上に聞いてみればそんな手紙を出した覚えはないと言うしな」

　コキリの出した脅迫状が偽物だとばれている。

「黒瀬感九郎だな。俺は貴様を探していたのだ」

ついでに「爺《じい》や」の扮装《ふんそう》も役に立っていない。

「貴様に聞きたいことがあってきた。答えによってはこのまま こいつを斬る」

卍次に殺気を向けられて、感九郎の肌が張り詰めた。

茶会であるから小太刀も帯びていない。

絶体絶命である。

「貴様、あのとき俺にいったい何をした？」

「……あの時？」

「とぼけるな。貴様、なぜお宮のことを知っていたのだ！」

感九郎は言葉に詰まった。

卍次の影が絡んでいるのをほどいたなどと、言えたものではない。

「なぜ黙っている！」

卍次の感情が揺れている。このままではジュノが斬られかねない。

「……お主の心を垣間見《かいま》たのだ」

「ふざけるな！」

「ふざけてなどいない！　私にもわからないのだ」

「そんなことがあるものか！」

激昂《げきこう》した卍次が今度は刀をこちらへ向かって振り上げた。

すかさず起き上がろうとするジュノを目で制したまま感九郎へにじり寄ってくる。

感九郎は声を上げた。

「本当なのです。私はあなたになって、血塗《ちまみ》れのお宮さんを抱きあげたのです」

言いながら、自分でもおかしな話だと思って、声が小さくなった。

しばらく、誰も何も言わず、ただ風音だけが辺りに響いている。

突如、卍次がそれまでと違った声を出した。

「貴様はそういうことができるのか？」

「……いつでもできるというわけでは」

ゆっくりと、ゆっくりと卍次は刀を下ろしていき、鞘《さや》に納めた。

「黒瀬感九郎、取引をしよう」

「取引？」

「俺は貴様らを見逃す。どちらにせよ天口の用心棒の仕事はもう仕舞いだ。そのかわりに、お主のその力を俺に使え。どうだ？」

「……先ほども言ったようにいつでも使えるというわけでは」

「かまわん。ほとぼりが冷めたら貴様のところへ行く。あの蔵前の長屋にいるのだろう」

「いいですが……なぜそのようなことを」

卍次は目を地面に落として、声を小さくした。

「貴様にお宮のことを言われた後だ、お宮が死んでからはじめて眠れた」

そのまま卍次は去ろうとして、思い出したようにこちらへ振り返った。

「貴様らが欲しいのは鍵だろうが、久世の懐になければ逗留先《とうりゅう》に預けてあるのだと思うぞ。俺も一回預かった。久世は慎重だからな」

「逗留先？」

「今は湯島のはずだ。俺も何度か訪れた」

「湯島！」

それを聞いた刹那《せつな》、感九郎の頭の中でからんでいた固い結び目が解《ほど》けた。

「ジュノ！　眠り薬はどれくらいもつ？」

「むう……御前の話では一刻《とき》はもつらしい。二刻は難しい」

「鍵を取ってくる。ジュノはここで待っててください」

「待て、お主、どこへ行く」

それにも応《こた》えずに感九郎は羽織を脱ぎ捨てると、不足庵屋敷を飛び出した。

第十章　感九郎、悟る

感九郎はひた走った。
足腰が痺れた様に感覚がないからいつ転んでもおかしくはない。
むしろどうやって走っているのかわからない。
不足庵屋敷を出るときに小太刀だけを差してきたが、それが邪魔である。
汗で「爺や」の化粧がはげて気持ちが悪いので手拭《てぬぐ》いで顔をこすりながら走る。
久世の逗留先は湯島だった。
蔵六が卍次のあとを尾《つ》けたまさにその時、久世は湯島にいたのだ。
嫌な予感が当たってしまったどころか、久世森羅が自分の生家に逗留していたとは！
息が荒くなる。
感九郎の心は揺らいでいる。

ひどく揺らいでいる。

視界も揺れている。

まるで自分が見ているのではないようである。

見え方がまるで廻《まわ》り燈籠《どうろう》だ。

呼吸も自分がしていないかのようである。

この荒い息遣いは己のものなのだろうか。

己自身と距離が離れていく。

廻り燈籠に映る風景は自分の生家の裏道である。

その揺れている一方で、いつしか目の前には古井戸然とした「穴」があらわれている。

痺れた様になって身体の感覚が薄いので、ひょっとして「穴」のある処に入り込んでしまったのではないかと思ったが、走り続けているのは確かである。

よく見れば右の眼には走りながら見ている風景の廻り燈籠、左の眼には自らの内の「穴」が映っている。

戸惑いが息遣いをさらに荒くさせ、喉《のど》がひゅるひゅると音を立てはじめたと思えば、足がもつれて転げてしまったようである。

廻り燈籠が落下したかのごとく思えたが、実際には顔を地面に打ちつけたらしい。

が、身体が青く冷たくなっていて何も感じない。

一方、左眼には「穴」を落ちてゆく様子が映し出されている。

どうやら右眼と左眼で、自分の外と内の異なるものを眺めているのかもしれないことに、感九郎は気づいた。

＊＊＊

痺れきった身を苦労して起こすと、声が響いた。

「来たか、感九郎」

聞き覚えのあるその声音に続いて地を摺《す》る足音。

雲一つない初夏の光に照らされ、浮かび上がるその姿。

いかにも「武家」然とした威容を見せている。

歩み寄ってくるその者を感九郎は知っていた。

よく、知っていた。

＊＊＊

「穴」の奥底にはいつもの通り文机《ふづくえ》があり、その前に白装束が座っていた。

「待っていたぞ」

不思議な灯《あか》りに照らされ、浮かび上がるその姿。

その風体。その相貌《そうぼう》。

どこからどう見ても感九郎自身である。

不遜《ふそん》ともいえる自信に満ちた表情だけが自分とは違う。

立ちあがり歩み寄ってくるその者は感九郎自身でありながら全く違っている。

「大変そうだな」

白装束は歩み寄ってくる。

＊＊＊

普段から人けのない裏道であるが、今日は一段と深閑としていて、ただ日が照らすだけである。

感九郎はかすれた声を絞り出した。

「……危急の用あり……」

喉の奥が貼りついたように乾き、うまく声を出すことができない。

「まあ、そうかしこまるな」

その者は姿形だけではなく、声も感九郎のよく知った声だった。

すり足でこちらへ、じわり、と近づいてくる。

感九郎の胸がつまり、呼吸がさらにできなくなる。

太刀の間合いに入る寸前、その者がまた言葉を発する。

「蘭方医・久世森羅殿に関わることではないのか？」

感九郎は目を見開いた。

＊＊＊

「……危急の用あり……」

「ふうん。急いでいるのか。しかし、気をつけた方が良いぞ」

「なに、お前の心がそろそろ死ぬようだからな」

白装束はそう言い放つと、不敵な笑みを浮かべて歩みを止めた。

「気を付ける……？」

＊＊＊

感九郎は半ば叫ぶように言葉を絞り出した。

「なぜ……なぜそんなことをお主が知っているのだ？」

感九郎の目の前で、「武家」然として佇《たたず》むその姿。

忘れようがない者。

自分にとって唯一無二の者。

眼前に佇むのは、嗚呼《ああ》、感九郎でなくとも誰が信じられよう。

その姿は源太、その人のものであった。

「おや、お前は気づいているのだとばかり思っていたが」

源太は不敵に笑った。

＊＊＊

「なぜ……なぜそんなことをお主が知っているのだ？」

やっとのことでそう言うと白装束は肩をすくめた。

「俺がここを出てゆくからさ。お前は俺をここに長らく閉じ込めすぎた。世の理《ことわり》がそうなっているのだ。残念なのだがな」

感九郎は戦慄《せんりつ》した。

＊＊＊

感九郎は目を見開いた。

久世森羅と幕府をつないでいるのは自分の父ではなかったのか。

格も家禄《かろく》も落ちぶれた家のため、金を手に入れようとしているのだと思い込んでいた。

それは違っていたのか。

そして感九郎は、あっ、と思い当たった。

蔵六の案内したのは感九郎の生家ではなかったのだ。

その隣の、源太の住む、瀬尾家の屋敷であったのだ。

初めての「仕組み」の現場に行った時、料亭で源太に会ったのは偶然ではないのだ。

源太の身を慮《おもんぱか》って駆けた時、屋敷にいた「客人」は久世森羅だったのだ。

漂っていた白檀《びゃくだん》の香りは、久世の着物からも香っていた。

そして、源太が久世の手の者から狙われない自信があったのは、その仲間だったからなのだ。

自分は愚かだった。

感九郎が久世の悪事を知り、その話を打ち明けた時、源太はとっくの昔に知っていたのだ。

だからこそのあの態度だったのだ。

源太はかぶりを振った。

「わかったようだな。そうだ、俺は久世殿の味方なのだ。実際に手を組んでいるのは父だがな……それより、お前の探しているのはこれかな」

そう言って懐から出したのは、鍵《かぎ》である。

はっとして近づこうとすると、手で制された。

「これは渡せんよ。久世殿が茶会に出る際に俺の家に置いていったのだ……天口が失敗した時の話を聞いた時はまさかと思ったが……もしやお前が来るかも知れぬと待っていたのだ。もし久世殿の件にお前が絡んでいるのならそうなるだろうと思ってな」

源太は首を振って鍵をしまいこんだ。

そうしてしばらく沈黙していたが、ふと目を逸《そ》らすと今度はひそやかに話し始める。

「黒瀬感九郎。友として言う……俺と一緒に来ないか」

＊＊＊

感九郎は固まっている。

問いが言葉にならず、ひゅう、と喉《のど》から息が出てゆくばかりである。

白装束が首を傾げ、目を眇《すが》めた。

「人には皆、己の内に自分を閉じ込める『檻《おり》』がある。そうでないと人の世に生きてゆくことは叶《かな》わないからな。やってはいけないこと、言ってはいけないこと、思ってはいけないことについて線引きをして自分の『檻』を組み上げていくのだ」

白装束の乾いた声が響き渡る。

「はじめのうちはよい。ひとつひとつ正しさをはかっているからな……しかし檻が出来上がってくると、皆、そこへ自らを閉じ込めてしまうようになる。あたかも閉じこもることが正しいことでもあるかのようにな。そして、だんだんと『檻』から出ないのが正しい生き方だと信ずるようになるのだ」

感九郎は額に掌《てのひら》を当てた。

「檻」から出ない生き方。

それは己の決めた枠の中のみで生きる父の生き方ではないか。

そして、感九郎自身もまたそのように生きてきてしまったのだろう。

今となってはジュノやコキリと過ごしたこの数週間がそれを己に気づかせている。

感九郎の「檻」は父親から押し付けられたものだ。

しかし自分でもそのなかで生きることに甘んじていたことを考えると、「檻」は感九郎自身でもあった。

いたずらに「正しさ」を信じ、自分で踏み出さなかったのだ。

「……末には父の心も死ぬのですか」

白装束は首を振った。

「お前の父か。いや、あ奴は狂わんよ。憂さ晴らしをしているからな」

「憂さ晴らし？」

「してたじゃないか、お前に、家族に、周りの者に。言葉で人を責めた挙げ句に自分の『檻』を押し付けるなど、自分に満足していない者のする憂さ晴らしに過ぎぬ。そういう者は狂わんよ。あたかも『自分が正しい』かのように生き続けるだけだ。いくら偉そうにしていても俺からみれば恥晒《さら》しだがな」

「……世のため人のためというのは……」

「救われた者がいたらそ奴にとっては良いのだろうし、する方も心地よさはあるだろうが、『檻』に閉じこもって善行をしても、いずれ自分のなかで矛盾が重なっていくだけだ」

白装束はそう言って鼻の頭をかいた。

＊＊＊

源太は語り続ける。

「そうすればまた元のように凸橋家にも仕えられるぞ。マオ殿との婚儀もかなう。なにより、ここには『正しさ』があるのだ」

その声は柔らかく、このような源太の口調は久しぶりだった。

もしかしたらあの笑顔を見られるかもしれないと思ったが、目が霞《かす》んでよく見えない。

「感九郎、俺は子供の時分からお前のことがうらやましかったのだ。己の『正しさ』を信じて疑わないお前がな。ほら、道場に入りたての頃、年長者たちにずいぶんいじめられていた奴がいたろう。あの時、お前は痩《や》せっぽちのくせに真っ先にそいつを庇《かば》ったじゃないか」

源太の声の響くなか、あたりが昏《くら》くなったのは宵闇が迫っているのか、気が遠くなっているのか、感九郎にはわからなかった。

「あれを見て俺はびっくりしたのだ。道場のように多くの者が集まるところではそういうことが起こるものだ。目の前にあること一つを解決したとて、無くなるわけではない。実際にその後お前はしばらくの間いじめられたな。堂々ともしていない、さして力もないお前が、そういうことをするのを俺は不思議に思った。しかし、そこに憧《あこが》れた」

先ほどから裏道には人っ子ひとり通らない。

風も吹かぬ中、源太は話し続ける。

「そんなお前を見て、俺も『正しさ』を通したいと思って生きてきたのだ。そして、こう思うようになった。世には『大きな正しさ』と『小さな正しさ』があるのだ。久世殿のしようとしていることは江戸の町人を騙《だま》していることだ。しかし、それも最終的には皆のためならよいのだ。感九郎、ここには大きな『正しさ』がある。俺と一緒に来い」

＊＊＊

白装束は語り続ける。

「普通の者はその『檻』から時々抜け出たりするものなのだ。それが『息抜き』だの『憂さ晴らし』だのになる。ところがお前の『檻』は抜け出る隙もない。あろうことか穴の奥底にあって、しかも長い間その穴を壁で塞《ふさ》いでいたじゃないか……おかげで俺はずっと外に出られなかった」

感九郎の身体の内にある、古井戸のような風体をした大きな穴。

その周りに積み上がった「家」や「お役目」という名がついた、数々の壁。

あれは自分で作ったのか。

白装束は目を眇めた。

「いいか、俺とお前は裏と表。二人そろって一つの存在なのだ。その片方がずっと閉じこもっていたら心が死んでしまうのだ。狂ってしまうのだ。お前がどう思っているかは知らんがお前の心は限界なのだぞ。心にこんな大きい『穴』があくなど尋常ではない。俺にもうどうすることもできん。かくなるうえは、お前、俺と一緒になれ。どうすればいいかは俺にもわからんが、一緒になれば心は死なずにすむぞ」

＊＊＊

感九郎は何が正しいかわからなかった。

久世の心の結び目もほどき、その記憶をも見てしまった。

源太のいう「大きな正しさ」というものも、その話の一端は理解できる。

しかし、正しさに「大きい」「小さい」などあるのだろうか。

慈平や蔵六のための正しさにも価値があるはずである。

そこまで考えて、にわかに感九郎は胸が澄み渡ったような気がした。

否。違う。そうではない。

言葉にはできないが、何かがおかしいと感じ始めていた。

感九郎は首を振った。

「……私は一緒に行けない」

「なぜだ！　感九郎、大人になれ。もっと大きな視点で世を見なければならぬ。よく考えろ。『正しさ』はここにあるぞ」

確かにそうなのかもしれない。

しかし、しかしである。

感九郎はもう一度首を振った。

しばらく黙っていた源太は、むう、と寂しそうにひと唸《うな》りした。

「……残念だ。本当に残念だよ、感九郎」

そう言うと腰の太刀を、すらり、と抜き放った。

感九郎も、一つため息をつくと、小太刀をゆっくりと抜いた。

＊＊＊

感九郎は後悔していた。

自分で自分を閉じ込めていたことに。

長らくの間、自分を苦しめてしまっていたのは自分であったのだ。

今まで自分が「正しさ」と思っていたのは「檻《おり》」に過ぎないのだろうか。

父は憂さ晴らしをしながら「檻」の中に居ることを選択した。

世で生き延びるために。

それも悪いことではないのだろう。

ひとつの在り方なのだ。

そして、自分の「檻」を感九郎に押し付けたのは、憂さ晴らしでもあったのだろうが、「人の世で生きる方法」を学ばせたかったのかも知れぬ。

不条理に満ちたやり方ではあったが、それでさえも今はどうでもよかった。

問題は「自分はどう生きるか」ということなのだ。

白装束と自分が一つの存在になることが必要なのであれば、やるべきかと思ったのはそのせいである。

感九郎はうなずいた。

白装束は肩をすくめた。

「残念ながらどうすればいいかわからんし、一緒になったからといってうまくいくとは限らん。とにかく、お前と俺は本来一緒のものだということなのだ」

「やり方はわかります」

白装束はしばらく感九郎の目を見たあと、首をかしげた。

しばらくして一つうなずくと、足元からその身をほどいて糸となっていった。

感九郎は深く呼吸をした。

自分はこれからどうなるのだろう。

そう思いはしたが、不思議なことに不安はなかった。

自分の足元を探ると親指の先からちょろりと糸端が出ていた。

それを摘《つま》んで引くと、指先から、ぽ、ぽ、ぽ、とほどけていく。

そのまま引っぱれば、自分は糸に戻るのだろう。

この自分の糸と白装束の糸を二本合わせ、新たな「自分」を編まなくてはいけない。

感九郎は文机《ふづくえ》の上に置いてある三本の長鉄針を手に取り、自分を編み始めた。

＊＊＊

感九郎は我に返った。

目の前では、源太が剣を振りかぶっている。

感九郎はその影を見て、目を見開いた。

胸のあたりは格子戸然とした暗黒で囲まれていて、まるで檻のようである。

檻の部分は影の糸でぐるぐると縛られているが、あたかも茶壷《ちゃつぼ》の飾り結びのように複雑だった。

それはやはり鍵《かぎ》なのだろう。

感九郎は源太の影の「檻」を開こうと、「結び」に手を伸ばす。

途端、目が眩《くら》むような源太の斬撃《ざんげき》が襲ってくるのをかろうじて受け、鍔迫《つばぜ》り合いとなった。
その瞬間、二人の影が混ざり合い、感九郎の身体になだれこむ源太の心。
しかし、そこからは源太の記憶は浮かび上がらない。
源太は強烈に何かを隠している。
その影の「檻」に自分を閉じ込めているのだ。
源太もそれを「正しい」と思っているのだ。
「正しさ」の檻。
「檻」に入ることは「正しい」ことなのか？
それとも閉じ込められているだけなのか？
自分だけではない。
源太も檻に閉じ込められている。
そして、感九郎は、豁然《かつぜん》として悟った。
ジュノは闊達《かったつ》なのか？
否、閉じ込められている。
コキリは奔放なのか？
否、閉じ込められている。

御前は超越しているのか？

否、閉じ込められている。

真魚は正しいのか？

否、閉じ込められている。

久世森羅は悪なのか？

否、正しさの「檻」に最も閉じ込められている。

卍次も慈平も蔵六も、みんな閉じ込められている。

正しさと思っているのは「檻」に過ぎない。

閉じ込められていない者など、いない。

感九郎がそう思い至った瞬間である。

鍔迫り合いから強烈に刀を撥《は》ね上げられた。

たまらず、感九郎は小太刀を取り落としたが、その刹那《せつな》に身を沈めて源太の影の「檻」を縛る結びに手をかけていた。

地に転がりながら源太の「影の糸」をたぐるも、ほどいてもほどいても結び目が現れる。

よほど何かを隠しているのだ。

源太が感九郎へ刀を突きつけると、抑揚のない声を発した。
「これが最後だ。俺と一緒に来い」
感九郎はそれに答えず、ひたすらに影の飾り結びを解いていく。
源太が目をすがめてさらに間合いを詰めた、その時である。
最後の大きな結び目を感九郎が解き放った。
途端、源太の影の檻の扉が開き、その中から何かが飛び出てくる。
それは怒濤《どとう》となって押し寄せて、感九郎の意識は瞬く間に持っていかれてしまった。

＊＊＊

視界に手拭《てぬぐ》いを持った手が映り、自分の顔を拭った。
その手は十歳の源太の手である。
なぜだかそれはわかる。
自分が源太の少年の頃の記憶に埋没し、源太になっている。
俺は源太なのだ。

甲高い声が上がる。

「門司《もんじ》をいじめるのはやめてください」

道場の隅で、一人の少年が年長の者数人に囲まれている。

その背後には小柄な少年が壁際に座り込んで泣いている。

「うるさいぞ。どういうつもりだ、黒瀬」

年長の者の一人が恫喝《どうかつ》している。

声をあげた少年は十歳ほどである。

よく見れば、顔は幼いが感九郎である。

痩《や》せっぽちで背も低く、青白い顔をして震えている。

怖いのだろうに、声を上げるのをやめない。

「いじめるのはよくないことです」

「ふざけるなよ、おい!」

年長の者たちが感九郎を取り囲み、突き飛ばしたり殴ったりしはじめた。

俺は動かない。

年長の者は五人もいる。

やれば喧嘩《けんか》は強いが、五人相手では負けるだろう。

負けるのがわかっていて抗《あらが》ってもいじめは止まぬ。

止まぬのなら意味がない。

しかし、年長者に乱暴されながらも感九郎は「やめてください」と声をあげている。

見ているうちになんだか腹が立ってきた。

俺は拳《こぶし》を握りしめて躍り込んだ。

＊＊＊

「源太、茶の湯をしに行かないか」

十五歳くらいの感九郎にそう言われるのに、俺はうなずいた。

感九郎の家に出入りする魚屋は「魚吉」というえらく大きな問屋で、一家揃って茶の湯をたしなむらしい。

その若女将《おかみ》と感九郎の母が仲の良いせいで、感九郎は「魚吉」へ茶の湯を習いに行っているのだ。

源太はそれに付き合うのが好きだった。

「魚吉」には真魚という娘がいる。

真魚は笑顔が可愛く、正直な娘である。

三人でお師匠さんの稽古《けいこ》を受けるのだ。

茶の湯の様々なことを知っていくのは面白い。

しかし、それよりなにより自分の好いた者と茶を飲んだり点《た》てたりする時間はとても楽しいものだと初めて知った。

＊＊＊

「そうか、それはめでたいことだ、祝わなければな」

口から出た声は、自分でも聞いたことがないほど冷たかったが、それどころではない。

目の前にいる感九郎に報告された直後である。

なんと、真魚と夫婦《めおと》になるというのだ。

嗚呼《ああ》……

胸の思いが身を焦がすようである。

俺の想い人が。
俺の想い人が。
俺は祝いの言葉を残して逃げるようにその場を立ち去った。

＊＊＊

感九郎は波に揺り戻されるように我に返った。
身体中が痺《しび》れている。
目の前に源太の突きつける刀の切っ先がある。
感九郎は顔を上げて源太と目を合わせた。
二人ともそのままの姿勢で固まっている。
あたりには誰も通らない。
突如、ぶはあ、と源太は息を吐くと投げやりに刀を鞘《さや》に戻した。
「駄目だ駄目だ。やはりいけない」
そう言って額に手を当てている。
感九郎が驚いて近づこうとすると、手で制された。

そしてそのまま、これはいけない、と繰り返し呟《つぶや》いている。

しばらく動かずにいると、風が吹いてきて緊張に疲れた感九郎にはそれが心地よかった。

「感九郎、この鍵《かぎ》はお前の自由にしろ」

源太が懐から鍵を出し、しゃがんで自分の足元に置いたので、感九郎はさらに驚いた。

「源太、なんでそのようなことを。お主が組織から狙われるぞ」

下手をすると殺されてしまう。

それを聞いて首を振る源太は、顔を赤くしていた。

「よいのだ。もうよいのだ。決めたのだ」

どうしたのだろうか。

源太は自分の「檻《おり》」から脱獄したのだろうか。

「もうよいのだ」

そう呟いて去ろうとする源太は一度だけ振り返ると、言いにくそうに、しかしはっきりと声を出した。

「感九郎……俺はお前のことを好いているのだ。男として男のお前を好きなのだ」

不意を打たれた感九郎が、あっ、と思っているうちに、源太は走り去ってしまった。

後には一本の鍵と自分が残されているだけだった。

第十一章　感九郎、編むが如く

源太が逐電したと聞いたのはそれからすぐのことである。

えらくふさぎ込んでいた感九郎から話を聞き出した御前が色々と手を回してくれたようだが、その身を案じぬ日はなかった。

源太の告白は無論、衝撃的であった。

源太は風貌《ふうぼう》も人柄も家柄も良いから、感九郎の知っているだけでも源太に惚《ほ》れている娘は少なくない。

若衆道《わかしゅどう》の方にしても、魅力的なのではないかと思う。

だから、よりによって何故、何の取り柄もない自分を欲するのか、という疑問も出てくるのだ。

感九郎は源太のことを友として、人として好きであった。

その気持ちと源太の持つ好意は、もちろん同じではないのだろう。

しかしその境界線は、少なくとも感九郎にとって曖昧《あいまい》だった。

一番後悔したのは、源太の「檻」を閉ざしていた結びをほどいてしまったことである。

おそらく源太はその胸にある気持ちを口に出したら、いまそうであるように、感九郎が困惑することをわかっていたのだろう。

だからそれを決して口にはせず、自分の「檻」にしまいこんで、それが開かないように幾重にも結んで厳重に鍵をかけたのだろう。

咄嗟《とっさ》のこととはいえ、感九郎はそれを無理やり開いてしまった。

そうせねば斬られていたかもしれないが、人の棲《す》む「檻」を開き、その気持ちの奥底を見てしまうことは、あだやおろそかに、してはいけないことなのかもしれぬ。

源太のことを考えると、感九郎は毎度そこに行きつき、かぶりを振るのであった。

願わくは。

もし源太とまた相まみえることができるのであれば、何もなかったかのように酒を酌み交わし、話したい。

そう思うが、それが無理な話であるのはわかっている。

どのような態度を取れば良いのか、まだ感九郎にはわかっていない。

「仕組み」については、あのあと不足庵屋敷へ鍵を届け、偽〈阿蘭丹〉の証拠となる帳面を蔵から奪取した。

久世森羅たちがしっかり眠っていたのは良いが、コキリも起きないものだからジュノが背負って連れ出した。

御前づたいに依頼人に渡って「仕組み」が終了したが、話によると偽〈阿蘭丹〉は江戸の町から徐々に姿を消すとのことである。

病人には他の薬が医者を通じて渡るはずだが、金が必要なことに変わりはない。

このような結末を見れば、久世のやり方は悪事であるが、将来的に実を結んでいたのかもしれないとも思い、それをジュノに話したら一蹴《いっしゅう》された。

「もしクロウの話が本当だとして、久世森羅のもとに金が集まるようになったとて、さらに金が必要な状況になるだけだ。貧しい者たちのためには使えぬよ。金とはそういうものなのだ」

それを聞いて、そんなものか、とも思う。

いずれにしても慈平や蔵六が少しでも心安く過ごせるようになってほしい、と願うばかりである。

実家に戻って事の顚末《てんまつ》を父や家族に伝えようかとも思ったが、結局やめた。理解もされないだろうし、その前に聞く耳を持ってもらえぬだろう。勘当の身に甘んじることになるが、いまではそれで良いと思っている。

感九郎の内にある「穴」と白装束については驚くことがあった。

「仕組み」がいち段落ついたあと、所用で外出した時のことである。多くの者が行き交う往来で、突然、誰かに喋《しゃべ》りかけられた。

『生き延びたようだな。お前は意外にしぶとい』

感九郎が驚いて立ち止まっても話は止まらない。

『まさか俺と自分をひとまとめにしてしまうとはな、メリヤスを扱うお前ならではだ』

あたりを見回しても、自分に喋りかけているものなど誰もいない。

しかもその声は白装束のものである。

『おい、ここだよ、ここ』

声の出所を探ると、なんと、自分の影が喋っているではないか。

感九郎はのけぞったが、道ゆく者たちに不審がられたので慌てて駆け出して小さな路地へ入り込むと影へ話しかけた。

「なぜお主がこんなところに出てくる？　『穴』の中に棲んでいるのではないのか！」

『俺にも分からん。こんなことは初めてなのでな。おそらくお前と俺がひとまとめにされたからだと思うのだが』

影は呑気《のんき》にそう言った。

路地に入ってきたどこかの家のおかみさんが変な目でこちらを見るので、感九郎は慌てて壁の方を向いた。

「勘弁してくれ、これでは妙に思われてしまう」

『ふははは、良いではないか。もともと心が死ぬところだったのだ。元気な方だぞ。俺の声もお前に届くようになったようだから、時々話しかけさせてもらう。よろしくな』

感九郎は頭を抱えたが、以降は気を遣うようになったのか、独りの時だけ話しかけてくるようになった。

これに関しては、自分の分身である白装束を長いこと「穴」に閉じ込めていた責任であると思い、仕方ないと思っている。

卍次はまだやって来ない。

寿之丞は卍次のことが気に入らぬらしく、時々文句を言っている。

吹き飛ばされたり蹴《け》られたりしているから当たり前な話ではあるが、来訪時に一《ひと》悶着《もんちゃく》起きないか心配である。


コキリは自分の部屋に閉じこもっている。

一度、飯を運びに部屋に入ったが、いつも以上に着物や瓦版《かわらばん》、書物の散乱した荒れ放題のなかで呆《ほう》けたようにうずくまるばかりだった。

話しかけると、般若《はんにゃ》のような顔をして怒鳴り散らされ、ほうほうの体で逃げ出した。

それ以来、会っていない。

部屋の前に膳《ぜん》を置いておくと、翌日には空になっているので食べてはいるらしいが、すっかり姿を見せないままである。

自分に人魚の肉を食わせた者は久世森羅だと言っていたが、それは本当なのだろうか。

目を覚ました後「久世森羅はどこだ！」と散々暴れたが、その頃には久世や不足庵たちは江戸の町から姿を消していた。

あの状態で久世をしょっぴくことは叶《かな》わなかったから当然なのだが、コキリはずいぶんと怒っていた。

さんざん怒鳴り散らした後、自分の部屋に閉じこもったのである。

人魚の肉の件についても謎が多いが、さらに謎が深まってしまった。

ジュノが「まあ心配しても仕方がない」と呑気なのはいつものことである。

茶会に参加していた下野に関しては、「仕組み」の依頼人の方で何とかしたらしい。どのような話にしたのか皆目見当もつかぬが、そう言ったら御前は微笑むばかりだった。

「仕組み」がすんでから、五日ほどたったある日、感九郎は墨長屋敷の玄関前に縁台を出してメリヤスを編んでいた。

長鉄針にかかっているのはここしばらく編んでいなかった作り途中の胴衣である。

おや、と思って確かめてみると、ずいぶん前に編んだところが間違えている。

感九郎は、ふう、と息をついて空を見上げた。

そろそろ梅雨に入る時期だが、今日も良い天気である。

「おお、こんなところにいたのか」

がらり、と玄関が開いてジュノが現れた。

「おお、メリヤスを編んでいるのか。お主も好きだのう」

「最近、ゆるりと編めておりませんでしたので」

「良いことだ良いことだ」

ジュノが笑顔を見せるのに、その後ろから御前が顔を出す。

「感九郎さん、お茶をいっしょにどうでやすか。到来物の羊羹《ようかん》がありやすよ」

微笑む御前はいつも通り綺麗《きれい》な顔で、長羽織が墨色なのにどこか艶《あで》やかだ。

考えてみれば、少し前にこの不思議な美女と巨漢の手妻師に出会ったことがそもそもの始まりであった。

ここしばらくの間、あまりに多くの出来事が起きた。

自分がそれに「正しく」応じられたのか、感九郎には分からない。

感九郎は目を閉じて伸びをすると、ジュノの心地よい低音の声が響いた。

「しかし、お主は会った時とくらべて険が抜けたな。いや違う、落ち着いたのか」

「ここに来たときには、召し放たれ、勘当されたすぐ後でしたからね。居場所も稼ぎも用意してもらえて安心したのです」

「そういうこととは違うように感じるぞ。なぜかな」

ジュノが首を傾げるのをみて、感九郎もそうかもしれぬ、と思った。

自分が、そして全ての人が「檻《おり》」に閉じこもって生きていることを知ったのだ。

かつその「檻」はいたずらに開くものではなく、時機があるということも。

今となっては、それまで考えていた「正しさ」など、小さなことのように感じていた。

感九郎は手元のメリヤスを空にすかした。

人の生とは、経験や縁《えにし》という糸で編まれた編み物のようなものなのだ。

常にきちんと「正しく」編み続けられる、などということは決してない。

決してないのだ。

しかし、その時に忘れてはならない。

ほどき、そしてまた編むことができるのを。

糸を切ってしまう時もあるだろう。

しかし、もし編み続けたければ結んだり繋《つな》いだりできるのだ。
その時、往来の向こうから聞き覚えのある元気な声が聞こえてきた。
「感九郎さま！　ああ、ジュノ様も御前様もいらっしゃる！」
見れば棒手《ぼて》振り姿の真魚である。
感九郎は立ち上がって手を振った。
自分は編むが如く生きていこう。
真魚とも、源太とも、ジュノとも、コキリとも、御前とも。
周りの皆と、編んでいこう。
編み物のように柔軟に、伸び縮むが如く。

本書は書き下ろしです。

編《あ》み物《もの》ざむらい

横《よこ》山《やま》起《たつ》也《や》

令和4年 12月25日　初版発行
令和6年 5月15日　5版発行

発行者●山下直久

発行●株式会社KADOKAWA
〒102-8177　東京都千代田区富士見2-13-3
電話　0570-002-301(ナビダイヤル)

角川文庫 23471

印刷所●株式会社KADOKAWA
製本所●株式会社KADOKAWA

表紙画●和田三造

●お問い合わせ
https://www.kadokawa.co.jp/（「お問い合わせ」へお進みください）
※内容によっては、お答えできない場合があります。
※サポートは日本国内のみとさせていただきます。
※Japanese text only

ISBN 978-4-04-113103-9　C0193

◆◇◇

角川文庫発刊に際して

角川源義

第二次世界大戦の敗北は、軍事力の敗北であった以上に、私たちの若い文化力の敗退であった。私たちの文化が戦争に対して如何に無力であり、単なるあだ花に過ぎなかったかを、私たちは身を以て体験し痛感した。西洋近代文化の摂取にとって、明治以後八十年の歳月は決して短かすぎたとは言えない。にもかかわらず、近代文化の伝統を確立し、自由な批判と柔軟な良識に富む文化層として自らを形成することに私たちは失敗して来た。そしてこれは、各層への文化の普及滲透を任務とする出版人の責任でもあった。

一九四五年以来、私たちは再び振出しに戻り、第一歩から踏み出すことを余儀なくされた。これは大きな不幸ではあるが、反面、これまでの混沌・未熟・歪曲の中にあった我が国の文化に秩序と確たる基礎を齎らすためには絶好の機会でもある。角川書店は、このような祖国の文化的危機にあたり、微力をも顧みず再建の礎石たるべき抱負と決意とをもって出発したが、ここに創立以来の念願を果すべく角川文庫を発刊する。これまで刊行されたあらゆる全集叢書文庫類の長所と短所とを検討し、古今東西の不朽の典籍を、良心的編集のもとに、廉価に、そして書架にふさわしい美本として、多くのひとびとに提供しようとする。しかし私たちは徒らに百科全書的な知識のジレッタントを作ることを目的とせず、あくまで祖国の文化に秩序と再建への道を示し、この文庫を角川書店の栄ある事業として、今後永久に継続発展せしめ、学芸と教養との殿堂として大成せんことを期したい。多くの読書子の愛情ある忠言と支持とによって、この希望と抱負とを完遂せしめられんことを願う。

一九四九年五月三日

角川文庫ベストセラー

佐和山炎上
安部龍太郎

佐和山城で石田三成の三男・八郎に講義をしていた八十島庄次郎は、三成が関ヶ原で敗れたことを知る。徳川方に城が攻め込まれるのも時間の問題。はたして庄次郎の取った行動とは……。（『忠直卿御座船』改題）

維新の肖像
安部龍太郎

日露戦争後の日本の動向に危惧を抱いていたイェール大学の歴史学者・朝河貫一が、父・正澄が体験した戊辰戦争の意味を問い直す事で、破滅への道を転げ落ちていく日本の病根を見出そうとする。

平城京
安部龍太郎

遣唐大使の命に背き罰を受けていた阿倍船人は、突如兄から重大任務を告げられる。立ち退き交渉、政敵との闘い……数多の試練を乗り越え、青年は計画を完遂できるのか。直木賞作家が描く、渾身の歴史長編！

悪玉伝
朝井まかて

大坂商人の吉兵衛は、風雅を愛する伊達男。兄の死により、将軍・吉宗をも動かす相続争いに巻き込まれてしまう。吉兵衛は大坂商人の意地にかけ、江戸を相手の大勝負に挑む。第22回司馬遼太郎賞受賞の歴史長編。

切開
表御番医師診療禄1

上田秀人

表御番医師として江戸城下で診療を務める矢切良衛。ある日、大老堀田筑前守正俊が若年寄に殺傷される事件が起こり、不審を抱いた良衛は、大目付の松平対馬守と共に解決に乗り出すが……。

角川文庫ベストセラー

縫合　表御番医師診療禄2
上田秀人

表御番医師の矢切良衛は、大老堀田筑前守正俊が斬殺された事件に不審を抱き、真相解明に乗り出すも何者かに襲われてしまう……。やがて事件の裏に隠された陰謀が明らかになり……。時代小説シリーズ第二弾！

解毒　表御番医師診療禄3
上田秀人

五代将軍綱吉の膳に毒を盛られるも、未遂に終わる。表御番医師の矢切良衛は事件解決に乗り出すが、それを阻むべく良衛は何者かに襲われてしまう……。書き下ろし時代小説シリーズ、第三弾！

悪血　表御番医師診療禄4
上田秀人

御広敷に務める伊賀者が大奥で何者かに襲われた。表御番医師の矢切良衛は将軍綱吉から命じられ江戸城中から御広敷に異動し、真相解明のため大奥に乗り込んでいく……書き下ろし時代小説シリーズ、第4弾！

摘出　表御番医師診療禄5
上田秀人

将軍綱吉の命により、表御番医師から御広敷番医師に職務を移した矢切良衛は、御広敷伊賀者を襲った者を探るため、大奥での診療を装い、将軍の側室である伝の方へ接触するが……書き下ろし時代小説第5弾。

いも殿さま
土橋章宏

幕府勘定方に勤める旗本、井戸平左衛門は引退をした後の、隠居生活を楽しみにしていた。だが、隠居届けを出そうとしたその日、異動を命じられることに。向かった先は、飢饉に喘ぐ悲惨な土地だった――。

角川文庫ベストセラー

江戸城　御掃除之者！　平谷美樹

江戸城の掃除を担当する御掃除之者の組頭・山野小左衛門は極秘任務・大奥の掃除を命じられる。精鋭7名で乗り込むが、部屋の前には掃除を邪魔する防衛線が築かれており……大江戸お掃除戦線、異状アリ！

江戸城　御掃除之者！　地を掃う　平谷美樹

御掃除之者の組頭・小左衛門は、またも上司から極秘の任務を命じられる。紅葉山文庫からある本がなくなったというのだ。疑わしき人物を御風干の掃除に乗じて誘い出そうとするのだが……人気シリーズ第2弾

江戸城　御掃除之者！　玉を磨く　平谷美樹

「本丸御殿の御掃除をわれらに任せよ」。目安箱に投函された訴状をきっかけに、御掃除之者と民間掃除屋の御掃除合戦が勃発！　その裏には将軍位争いに遺恨を持つ尾張徳川家の影が……人気シリーズ第3弾！

よこやり清左衛門仕置帳　平谷美樹

天保十二年師走、火付け犯として材木問屋の手代が捕らえられた。手代は無実を訴える一方で、挙動が落ち着かない。鍵番清左衛門は真犯人が別にいると踏み、与力や同心によこやりを入れ独自探索を始める――。

主殺し　よこやり清左衛門仕置帳　平谷美樹

主殺しで蠟燭屋の手代が捕まった。現場の状況を不審に思った定廻同心の左馬之介は牢屋同心の清左衛門に報告。やがて殺された勝右衛門の過去の因縁に起因する悲しい結末に辿りつく。早くもシリーズ2巻！